甘城ブリリアントパーク3

賀東招二

ファンタジア文庫

2118

口絵・本文イラスト　なかじまゆか

contents

テコ入れだ!!

甘城ブリリアントパーク #03

AmagiBrilliantPark

プロローグ

ぽぽん！　と乾《かわ》いた音と共に、紙吹雪《かみふぶき》と紙テープが舞《ま》い上がる。
あたりに響《ひび》きわたる陽気なメロディ。華《はな》やかな衣装《いしょう》のダンサーたちが、ステージに元気よく飛び出してきた。彼女らがくるくる回ると、長いしっぽがきれいな弧《こ》を描《えが》く。

ようこそ！　ゆかいな楽園へ！
時空を超《こ》えた夢の世界！　みんながおどろく冒険《ぼうけん》の国！
甘城《あまぎ》ブリリアントパーク！　甘城ブリリアントパーク！
一緒《いっしょ》に歌って踊《おど》ろうよ！　笑顔《えがお》でいっぱい、このパーク！
呼べばみんながやってくる！
最初はだあれ？　そう、マカロン！

みんなで呼ぼう、マカロンを！　音楽の妖精《ようせい》、マカロンを！

「ろーん！」

パークの看板マスコットの一人である、音楽の妖精マカロンが現れた。ステージの下から、お打ち出されるように飛び出してきて、ぴょこんと着地。バグパイプのソロを披露《ひろう》する。見事な技巧《ぎこう》の演奏が終わると、ダンサーたちが倍に増える。

お次はだあれ？　そう、ティラミー！
みんなで呼ぼう、ティラミーを！　お花の妖精、ティラミーを！

「みー！」

お花の妖精ティラミーが現れた。マカロン同様、ステージの下から飛び出して、くるりと一回転、華麗《かれい》に着地。シルクハットをくるくる回し、かわいい手品を披露する。次々に出てくるあざやかな草花。最後はマントをひるがえすと、大量の花びらがあたり一面にまき散らされた。ダンサーたちはさらに増える。

楽しく愉快《ゆかい》なソーサラーズヒル！　みんなおいでよ、さあ笑おう！

ぞくぞく集まる仲間たち！　ラビータ！　ニャーソン！　ワニピー！　バーゲン！

みんなの笑顔があふれているよ！


次々にパークのマスコットたちが現れ、ダンスの列に加わっていく。

陽気な音楽も最高潮に盛り上がっていった。


あれ？　でもなにか足りなくない？

そうだよ、お菓子《かし》だ！　お菓子がない！

みんなで呼ぼう、モッフルを！　お菓子の妖精、モッフルを！


「もっふ！」

ステージ奥の高台にモッフルが現れた。

背後でどーんと大きな花火。きらきら輝《かがや》く光の飛沫《ひまつ》。わあー、とダンサーたちがはやし立てる。ナンバーワンの看板マスコットにふさわしい、ひときわ派手な登場だった。

そこまではよかったのだが——

花火の火が、モッフルのコック風衣装に引火していた。

「もっふ！　もっふ……！」

気付いてるのか、いないのか。

モッフルはそのまま助走をつけて高台からジャンプする。隠《かく》して設置されているトランポリンでさらに跳躍《ちょうやく》。空中で鋭《するど》く回転。そこまでは段取り通りだったが、激しい動きはむしろモッフルの衣装をさらにはげしく燃え上がらせた。

「も――っふっ！」

さすがに気付いたのだろう。モッフルは炎の尾をひいて、そのままステージに墜落《ついらく》した。ゆかいな音楽が大音量で流れる中、ごろごろと燃えながらのたうち回る看板マスコット。ダンサーたちは踊るのを忘れ、狼狽《ろうばい》し、逃《に》げまどう。

大道具の『しゃべるお花』をなぎ倒《たお》しながら、スピーカーに激突《げきとつ》。はげしいハウリングが起きる。ステージの床《ゆか》にまき散らされていた紙吹雪や紙テープも、火災の激化に一役買った。

「ちょ……熱っ⁉　熱っ⁉　だれか！　だれか！」

「動くな！　じっとして！　毛布もってこい！」

「消火班！　消火班！　どこ行ってるぴー⁉　消火班！」

楽しい夢のステージは、いまや惨劇《さんげき》の坩堝《るつぼ》と化していた。

血相を変えた周囲のスタッフが、消火器をもってステージに殺到《さっとう》する。全力噴射《ふんしゃ》。

鼻をつく臭《にお》いの白煙《はくえん》が、あたりを覆《おお》い尽《つ》くした。

鎮火《ちんか》して五分後――

「……だから！『花火はやめておこう』とあれほど言ったのだ！」

消火作業に加わっていた可児江西也《かにえせいや》は、げっそりしたキャストを前にして怒鳴《どな》りつけた。

支配人代行の制服も、消火剤《ざい》まみれで真っ白だ。

「これがリハーサルだったからまだいいが……本番だったらどうするつもりだったんだ⁉　テレビ局まで呼んでるんだぞ⁉　全国ネットで惨劇のリポートだ！　ユーチューブではすぐ削除《さくじょ》されて、その代わりライブリークで世界中に笑われる流れだぞ！」

「ふーむ……それはそれで評判になるかもしれないろん……」

ぼろぼろのステージ衣装で、マカロンがつぶやいた。

「これが本当の炎上商法《えんじょう》だみー！　ぷっ、くくく……」

同じくティラミーが言った。

「ちっとも面白《おもしろ》くない。本番が迫《せま》ってるんだぞ？　このステージが失敗したら、ゴールデンウイーク以降の集客に大きく影響《えいきょう》が出る。四月の正念場なんだ！　わかってるのか⁉」

　このライブショー『A（甘《アマ》ブリ）ファイト開始！　地球に落ちたモッフル』は、パーク中央の大ステージで催《もよお》される、ゴールデンウイーク最大のイベントだった。新年度からはじまったリニューアル企画《きかく》の目玉でもある。

　これまでこの甘《アマ》ブリ――甘城ブリリアントパークでは、ここまで本格的なライブを行ったことがなかった。ステージに出てきてルーチン的な歌と踊りを披露するだけで、その規模もごく小さく、時間もせいぜい一〇分だったのだ。

　そのライブを、大幅《おおはば》にスケールアップして上演しようというのがこの企画だった。キャストはほとんど総動員。時間も五〇分近くになる。

　このライブのために、新たな脚本《きゃくほん》と楽曲、衣装や器材まで用意した。もちろん予算は膨《ふく》れ上がったし、その宣伝費用も同じくらいかけていたが、西也は決して躊躇《ちゅうちょ》しなかった。

　このライブには、それくらいの価値がある。

　いわば甘ブリの宣言のようなものだ。今年のパーク《うち》はこれまでとは違《ちが》う。とくと見よ。これからの甘城ブリリアントパークは、本気の遊園地に生まれ変わるのだ――と。

　そのためには、観客を本気で魅了《みりょう》しなければならない。半端《はんぱ》な気分で帰らせてはダメだ。

パークから帰った客《ゲスト》が、友達や家族に『よかったよ、ホントに！』と語らなければならない。いつの時代でも、口コミは重要なのだ。

　そのためのライブだというのに――

「主役マスコットが火だるまでステージ崩壊《ほうかい》とか！　ありえんだろう、普通《ふつう》！」

「不安になるのは……わかるふも、西也」

　と、モッフルが言った。

　どうやら医務室から戻《もど》ってきたようだ。パティシエ風の衣装は黒こげ。いやというほど浴びまくった消火剤で、体毛は真っ白。いろいろあった精神的ダメージのせいか、足下《あしもと》もおぼつかない様子である。

「だが、花火は必要ふも。古くから、音と光はお客を喜ばせる必須《ひっす》アイテムだよ。退屈《たいくつ》な日常から、驚《おどろ》きの非日常への入り口なの。ゲストをつかみたいなら、これくらいのことはやらなくちゃ……」

「それは会議でも聞いた。だが、そのザマではないか」

「な、なあに……この程度の修羅場《しゅらば》、昔は何度もくぐったふも」

　どんな修羅場だ。遊園地のマスコットのくせに。

「それにいまの事故でわかったよ。衣装や周辺器材に防火処理を施《ほどこ》しておけば問題ないふも。次からは、こんな火災は起きないよ」

「うーむ……」

確かに、モッフルの言っていることは理解できる。

とはいえこちらは支配人代行である。実質的な経営者でもある。

芸術性と安全性を秤《はかり》にかけたら、安全性が重くなるのは当然のことだ。

だが……しかし……。

「僕もモッフルの意見に賛成ろん。ここは思い切ってみるべきだよ」

と、マカロンが言った。

「ボクもだみー。むしろリハーサルで問題が表面化したのは幸運だったみー」

と、ティラミーが言った。

「オイラもそう思うもぐ。本番までに、みんなで危険なところを洗い出しておくよ」

「まあ、派手なことに越したことはないね る」

「お客が喜ぶなら、なるべく実現してやるべきじゃねえのかい？」

タラモやドルネル、レンチくんなど、裏方の各部署責任者が口々に言った。

「ふむ……」

そこまで言うなら、ここはこいつらを信用して、賭《か》けに出るのもいいのではないか？

「……ならば、徹底的《てってい》に危険性とその対策を洗い出してもらう。明日《あした》九時までに各部署からレポートを提出。それで不安が残ると判断したら、やはり危険な演出は禁止だ。どうだ、できるか？」

『もちろん』

みんなが言った。前なら面倒《めんどう》くさがって逃げていただろうに。二頭身の変な生き物ばかりだが、その瞳《ひとみ》は意志の光で輝いていた。

「いいだろう。では、掃除《そうじ》をしてリハのやり直しだ」

改めて再開したリハーサルを、客席から西也は眺《なが》めていた。

客席に届く陽気な音楽。花火はなしだったので今度はモッフルも火だるまにならず、主役らしい演技をてきぱきとこなしている。

「可児江くん」

ファイルケースを小脇《こわき》に抱《かか》えた千斗《せんと》いすずが、西也の隣《となり》に座った。

「レンチくんから聞いたわ。大変だったみたいね」

「危《あや》うく大惨事《さんじ》だ。まあ……やる気があるのは助かるがな」

ごくリラックスした調子で言ったつもりだったが、いすずはじっと彼の横顔を見つめ、こう言ってきた。

「大丈夫《だいじょうぶ》？」

「なにがだ？」

「いえ……。動員数のこと、まだ誰《だれ》にも言ってないんでしょう？」

第二パークの売却《ばいきゃく》の件だ。都道を挟《はさ》んだ南側敷地《しきち》の売却で、パークは当面の運営資金を得ることができた。だがその契約《けいやく》過程で、パークの『敵』ともいえる甘城企画から、さらに難しい条件を呑《の》まざるをえなかった。去年まで定められた最低動員観客数を、はるかに超《こ》える三〇〇万人。

今年度のうちに三〇〇万人をこのパークに呼ばなければ、パークは閉園になる。

ほとんど無謀《むぼう》な数字である。

浦安《うらやす》の某《ぼう》一流パークは軽く二〇〇〇万を超えているが、それは例外だ。その他の日本国内有数のテーマパークですら、ほんのいくつかが達成している数なのである。

要するに、ベスト50に入るかどうかだったパークが、いきなりベスト5に入らなければならないような状況《じょうきょう》なのである。

だが、挑《いど》むしかなかった。そうしなければ、そもそも今月の給料さえ支払《しはら》えない状況だったのだ。

「いま話すのはタイミングじゃない」

西也は言った。

「まず軌道《きどう》に乗せるまでだ。それで……話す。まずはあいつらに自信をつけさせなければ」

「……つくと思うの？　そんな自信が」

「つかなきゃ、終わりだ」

中城椎菜《ちゆうじようしいな》は逃げ出したい

1

自分がぱっとしない女子だということは重々承知しているのです。身長は一四〇センチ、体重は三五キロ（『体重はヒ・ミ・ツ』とか言うほどバカではありません）。これは小学五年生の平均値でして、実際、わたくし中城椎菜はよく小学生に間違われます。

でも！　椎菜はれっきとした高校生なのです。ＪＫなのです。

確かに、お母さんが買ってきたしまむらとユニクロが私服の大半です。髪《かみ》も小さい頃《ころ》からお世話になってきた近所の床屋《とこや》さんしか利用したことがありません。前に一念発起してお年玉を握《にぎ》りしめ、ギャルっぽい服（せ、せ、セシルマクビーとか！）を買いに渋谷《しぶや》まで出かけましたが、サイズの合う服がなかった上、帰り道で迷子になって交番で保護されました。屈辱《くつじよく》です。

とはいえ、子供っぽいキャラとして人懐《ひとなつ》こく、天真爛漫《らんまん》にふるまうこともできません。

見た目はこれでも、中身は高校生です。JKなのです（二回言いました）。それなりの分別というものがありますし、ずけずけと他人様《ひとさま》のパーソナルスペースを侵害《しんがい》できるほどデリカシー皆無《かいむ》な人間でもありません。

もっと言ってしまうと、わたくし椎菜は人付き合いが苦手です。

いつからこうなってしまったのか、相手の顔色をうかがうあまり、簡単な受け答えさえしりごみしてしまうのです。出てくる言葉は『あの、あの、あの』と『すいません、すいません』ばかり。たいていの人は椎菜の外見を誤解して、上から目線で（物理的にも精神的にも）親しげに近づいてきます。そして椎菜が返事に窮《きゅう》しておろおろしていると、だんだんと退屈そうな様子になってきて、やがて離《はな》れていきます。

申し訳ないやら情けないやらで、いつも泣きたくなります。というか高確率で泣きます。

そんな自分を変えようと、甘城《あまぎ》高校への入学を機にイメチェンしようと試みました。いわゆる高校デビューです。背丈《せたけ》はどうにもなりませんが、キャラを変えることは可能なはずです。友達をたくさん作って、スクールライフをエンジョイするのです。

髪型《かみがた》も変えました。アクセや小物も研鑽《けんさん》しました。お笑いのＤＶＤを大量にレンタルして、話術のなんたるかを研究しました。お母さんに懇願《こんがん》して、簡単なメイクすら会得《えとく》しました。

ですが、失敗しました。

入学初日の自己紹介《しょうかい》で、わたくし椎菜は噛《か》みまくりました。そばの席の子たちとは、趣《しゅ》味《み》も話題も人生観も、まったく接点がありませんでした。早くもリーダー格の座に収まろうとしていた子が、慈悲深《じひぶか》くも話しかけてきてくれましたが、あいにくお笑いＤＶＤの研究成果ははかばかしくなかったようで、三日後には挨拶《あいさつ》さえしてもらえなくなりました。

屈辱です。

どうにかこうにか、同じようにクラスで影《かげ》の薄《うす》い子とつるむことはできました。ですがその子は生物部に入部するなり昼も放課後も部室に入り浸《びた》りになって、椎菜とは挨拶するだけの仲になりました。

気付いたら入学から一週間がたっていました。

やばいです。焦《あせ》ります。

クラスに居場所がないのなら、生物部に行ったあの子のように、椎菜も部活に活路を見いだそうとも考えました。生物部はほどほどに居《い》心地《ごこち》のいい場所だと聞きました。が、ホルマリン漬《づ》けの標本がどっさりある部屋に毎日通うのはとても無理でした。

そもそもこの甘城高校には夜間部があり、下校時間が早くて厳しいのです。つまり部活動があまり活発ではないのです。

深夜のアニメに出てくるみたいな、アットホームでこぢんまりした文化系クラブとかがあったらいいのに……何度もそう思いましたが、ないものはないのです。『だったら自分で作ればいいじゃない！』とかいって部員を募集《ぼしゅう》するような積極性など、もちろん椎菜にはありません。

もたもたしてたら入学から二週間がたっていました。

やばいです。焦ります。

このままでは、華麗《かれい》なるぼっち生活まっしぐらです。いえ、むしろすでにぼっちです。

さあ、一人でお弁当箱をつつく昼休みの教室が、なかなか辛《つら》くなってきました！

トイレでお昼ご飯を食べるのは生理的に不可能です。ですので椎菜は、東校舎のはずれの階段に行くことにしました。四階の上、屋上への出入り口は閉鎖《へいさ》されていて、不要品の物置になっています。そこでお弁当を食べる所存でした。

でもああ、なんということでしょう。そこには先客がいたのでした。

その先客は二年生の男子生徒でした。

カレーパンをパクつきながら、スマホをいじって何かをブツブツとつぶやいています。ちょっと不機嫌《ふきげん》そうです。聞き取れたのは『資金が足りん……』とか『やはり第二パークを……』とか、そんな言葉でした。

その先輩《せんぱい》は、とてもかっこいい人でした。

さらさらの黒髪《くろかみ》で、細いペン先でしゅっと描《えが》いたようなお顔のラインがとても素敵《すてき》でした。眉目《びもく》はまさしく秀麗《しゅうれい》で、深い知性と強い意志の持ち主だと一目でわかります。

どうしてこんなかっこいい人が、こんな場所で、一人さびしくカレーパンをかじっているのでしょうか？　しかも独りごとまで言ってます。かっこいいのに、かっこよくないです！

「ん……？」

かっこいい先輩が椎菜に気づいて、びくっと体を強《こわ》ばらせました。明らかに動揺《どうよう》している様子でした。おそらく、自分のみじめなぼっち飯の姿を目撃《もくげき》されたことに困惑《こんわく》しているのでしょう。椎菜も同じ立場だったらそうなります。

「あの……あの……」

驚《おどろ》かしてしまってすみません。そう言おうとしたのですが、例によって大したことは言えませんでした。

だがちょっと待ってください。これは素敵な出会いかもしれません。

想像してみましょう。

同じように（？）孤独《こどく》を抱《かか》えた境遇《きょうぐう》の男女二人が、だれもいない校舎の片隅《かたすみ》で遭遇《そうぐう》したのです。ささいなきっかけから、わたくしたちは毎日昼ご飯を一緒《いっしょ》にするようになって、とりとめのない会話を交《か》わすようになります。

困ります、困ります。椎菜には心の準備ができていません。

次第《しだい》に二人の心の距離《きょり》は縮まっていき、ああ……ついには椎菜がこの先輩のために手作り弁当なんかを持参するようになることでしょう。ちょっと卵焼きとか失敗しちゃったりするのですが、この先輩はきっと『おいしいさ、君が作ってくれたんだから』とか言ってくれたりするんです。そんなこんなで、二人はやがて……やがて……。

そこで先輩が言いました。

「ここは俺の縄張《なわば》りだ。失《う》せろ」

…………はい？

「聞こえなかったのか？　とっとと失せろ。……ああ。おおかた俺のハンサム顔に見とれて、『もしかしたら仲良くなれちゃうかもなあ』などとありえん妄想《もうそう》をしていたのだろう」

なにその図星。エスパーですか？　ニュータイプなのですか？

「よくあるのだ、そういう反応。……だが俺はおまえごときにまったく興味がないし、仕事のことで頭がいっぱいなのだ。読まなきゃならないＰＤＦがどっさりあるのだ。わかったな？　わかったらとっとと失せろ」

「あ、あの……その……」

「三回も言ったのにまだ言わせるのか？　いますぐ！　失せろ！」

「す、すすすす、すみみゃしぇん……！」

また嚙んでしまいました。屈辱です。抗弁《こうべん》することなどまったく出来ずに、椎菜は回れ右してその場から逃《に》げ出してしまいました。


その日はひどく落ち込みました。

そんな時はひとりカラオケです。わたくし中城椎菜は、悲しいときはいつもそうします。学校からの帰り道、アニソンしばりで二〇曲ほど熱唱したら、すこし気持ちが前向きになりました。

カラオケ屋の店員さんが、会計の時にしげしげと椎菜の顔を見て、『君……めっちゃ歌うまいね』と言ってくれました。もちろん営業上のリップサービスなのでしょう。『あの、その……あり……（がとうございます）』としか言えませんでした。

それはさておき、もはや認めるしかないでしょう。

椎菜は学校での居場所を失いつつあります。エリートぼっちのぼっち席たる階段の屋上入り口まで、なんだか怖《こわ》くて偏屈《へんくつ》な先輩に占領《せんりょう》されてしまいました。

こうなったら、学校外に活路を見いだすしかないのでは？

そう、バイトです！　楽しい職場！　気のいい仲間たち！　かわいい制服！

そんな居場所さえゲットできれば、放課後の楽しみを心の支えに、辛い学校での一日を耐《た》え抜《ぬ》くこともできるでしょう。

それにバイトは給料も入ります！　まさしく一石二鳥です！

そうと決まれば、さっそくバイト探しです。求人サイトにアクセスです。

求人サイトではいっぱい募集がありました。

ファストフード！　ファミレス！　ちょっとおしゃれなカフェとかもいいですね！

どんどんチェックして、市内のめぼしいところから応募《おうぼ》しました。バイトなんかしたことありませんけど、きっと何とかなります！　がんばりましょう、椎菜！

…………全滅《ぜんめつ》でした。

そうだったのです。バイトにはまず面接というものがあるのでした。

クラスの自己紹介で噛みまくって硬直《こうちょく》してしまう椎菜が、面接で淀《よど》みなく受け答えできる道理がありません。しかもそういうお店の店長とかマネージャーとかは、なんだか探《さぐ》るような目つきで怖いのです。

ちょうどいい条件のお店は、すべて不採用になってしまいました。屈辱です。

とても落ち込んだので、またひとりカラオケで心の傷を癒《いや》します。

全滅でしたが、めげずにまだ探してみます。もう条件にあいそうなバイト候補は、一つしか残っていません。

最後のバイト候補は、遊園地でした。

同じ甘城市内にある『甘城ブリリアントパーク』というテーマパークです。小さいころは（いまでも小さいですが）両親につれられてよく行きました。モッフルというお菓子《かし》の妖精《ようせい》がかわいくて、大好きでした。というか今でも好きです。モッフルのぬいぐるみは、就寝時《しゅうしんじ》のマストアイテムです。

これはきっと運命です！

いままですべてが不採用だったのは、天がこの遊園地に椎菜を導いてくださったからに違《ちが》いありません！

そういうわけで、さっそく応募です。『面接→不採用』のコンボをたくさん食らってしまったので、このころにはわたくしも耐性《たいせい》がついていました。最初の応募は『送信』を押すまで三時間もためらったのですが。

その日のうちに担当者から返信がきて、面接の日取りが決まりました。

さあ、運命の当日です。

遅刻《ちこく》しないように、早めに甘城ブリリアントパークに向かいました！

乗るバスを間違《まちが》えてしまいました！

まったく見知らぬ多摩丘陵《たまきゅうりょう》のどこかに放《ほう》り出されて、泣きそうになりながら二時間以上遅《おく》れてパークにたどり着きました。大遅刻です。

もはや不採用は確実でしょうが、せめて顔を出して謝罪の一言でも述べておくべきです。ほかの応募者は帰ってしまったようですが、わたくしは面接会場をおそるおそるのぞき込んでみました。

（なあ、このモップどこで洗うんだ？）

（借して。わたしが洗ってくるわ）

中では二人のスタッフ（？）が会場の片づけをしていました。女性の方は知りませんが、男性の声には聞き覚えがあります。

なんとその人は、わたくしのぼっちスペースを占拠《せんきょ》していた、あのかっこいい先輩でした！

あの先輩もこのパークでバイトしているのでしょうか？　かっこいいけど、こわい人です。不安になります。しかもわたくしは大遅刻です。

ですけど、勇気を出して声をかけました。

「あ、あのー……。バイトの面接会場はここですか……？」

「君は？」

先輩が言いました。どうもお疲《つか》れのご様子でした。これまでの面接で、いろいろあったみたいです。

「中城椎菜です。バイトに応募したんですけど、面接に遅れちゃって……」

がんばりました。噛《か》まずに言えたのは奇跡《きせき》です。でもできれば、本番の面接でこれだけ堂々と物が言えたらよかったのですが。

「いろいろあって、明日《あした》以降に延期だ。だが君は不採用だな」

「え、え⁉　どうしてですか⁉」

「労働基準法。小学生は雇《やと》えない」

「え、でも、あたし……」

ショックのあまり、中学時代の一人称《いちにんしょう》に戻《もど》ってしまいました。ここはしっかり、大人っぽく『わたくし』と言うべきだったのに。屈辱《くつじょく》です。

「出口はあちらだ。お疲れさま」

椎菜は呆然《ぼうぜん》としてしまいました。

小学生と間違われたのはともかく、この先輩は椎菜のことをまったく覚えていない様子だったのです。

ほんのちょっとでもいいのです。『ああ、おまえはこないだの……』だとか、『？　どこかで見た顔だな……』だとか。そういう反応さえあれば、すこしは救われたのに！

普通《ふつう》、学校とかで最悪な出会いをした男女は、次に会ったときは何かときめくようなシチュエーションがありそうなものです。漫画《まんが》とかだと、たいていそうです。でも、あの先輩と椎菜の間には、そうした運命的な出来事がまったく起きませんでした。

この先輩、本当に椎菜のことを初めて会ったどうでもいい相手としてしか扱《あつか》っていません。『とりあえず出てきたモブキャラC』みたいな感じです。屈辱です！

泣き叫《さけ》びながら駆《か》け出したかったのですが、椎菜は小学生でなく高校生です。ＪＫなのです（三回目です）。ぐっとこらえてきびすを返しました。それだけでも大したものです。よくがんばりました、椎菜。

帰りはまたしてもひとりカラオケでした。

ボカロしばりで一〇曲ほど歌いましたが、それでは傷が癒《い》えなかったので、演歌しばりでさらに二〇曲熱唱しました。

冬の津軽海峡《つがるかいきょう》が見えました。

またカラオケ屋の店員さんが『やっぱうまいよ、君。マジで』とか言ってきましたが、そういう営業トークは通いにくくなるからやめてほしいです。

夜はお母さんに泣きながら事情を話して、久しぶりに一緒に寝《ね》てもらいました。

翌日、休み時間にほかの子たちが噂《うわさ》しているのを拾い聞きしました。

どうやらあの先輩《せんぱい》は、可児江西也《かにえせいや》さんという人だそうです。あの通りのイケメンなので、一年生の間ではさっそく話題になっているようでした。

成績優秀《ゆうしゅう》。運動神経も抜群《ばつぐん》。

でもあの通りのひどい人なので、友達はぜんぜんいないそうです。

どうやら可児江西也先輩は、わたくし椎菜だけでなく誰《だれ》にでもああいう態度の人みたいです。それはそれで複雑な気分です。椎菜だけに冷たいなら、まだモブキャラ扱いよりも上になれたのですが。

可児江先輩は、同じく二年生の千斗《せんと》いすず先輩という女性とよく一緒《いっしょ》にいるそうです。ひところは二人が付き合っているという噂もあったそうですが、どうもそうではないらしいです（いえ、あくまで噂なので本当のところはわかりませんけど）。

その千斗いすず先輩が、昼休みに椎菜を呼び出しに来ました。

なぜすぐに千斗先輩だとわかったかというと、すぐそばの席の子たちが『あれ二年の千斗センパイだよ……！　超《ちょう》かわいくない!?』とささやきあっていたからです。椎菜が呼ばれたことに、クラスのだれもが驚《おどろ》いていました。

注目されるのは辛いです。

恥《は》ずかしいです。

それはともかく、千斗いすず先輩はきのうのパークの面接会場で、可児江先輩と片づけをしていた女性でした。すごい美人さんで、スタイルも抜群です。日本人離《ばな》れしてます。椎菜に百合《ゆり》属性はありませんが、それでも思わず見とれてしまうような人でした。

「中城椎菜さんね？」

挨拶《あいさつ》もなしで千斗先輩は言いました。椎菜は口をぱくぱくさせて頷《うなず》くことしかできませんでした。

「昨夜メールしたんだけど、まだ見ていないかしら？」

「え？　あ、あの……」

そういえば昨夜は心の傷を癒すのに忙《いそが》しくて、まったくメールをチェックしていませんでした。そもそも椎菜に送られてくるメールなど、よく行くカラオケ屋のサービスキャンペーンのお知らせとか、熟れきった人妻と付き合うだけで高収入とか、そういうのしかありません。LINE《ライン》？　なにそれ美味《おい》しいんですか？

「見ていないのね？」

「あの、あの……はい」

「きのうの面接の件だけど、うちの支配人代行が失礼したわね。いろいろトラブルがあって、少々混乱していたの」

「は、はい……」

「それで、ああいう経緯《けいい》があったのに、こういう話をするのは困惑《こんわく》するかもしれないけど……」

これはどういうお話なのでしょうか。椎菜は混乱しました。

ただの謝罪でしょうか？　それとも『わたしの可児江くんに近づかないでくれる？』とかのライバル宣言でしょうか？

「もしまだあなたの気が変わってなければ、バイトの面接をやり直させてもらえるかしら？」

「え。あの、あの……」

困りました。そもそも椎菜は遅刻したのです。不採用になっても文句は言えない立場なのです。

「面接といっても、形ばかりのものよ。あなたに手間は取らせないわ。いま時間ある？」

「あの、あの……はい」

悔《くや》しいです。椎菜ときたら、『あの』と『はい』しか言えてません。ここはがんばって、別のことを言うべきでした。『ダーシュ・ザンナ（ファルバーニ語で「ありがとう」の意味）』とか。いいえ、言わない方がいいですね。失礼しました。

「じゃあ、ついてきて」

早足で歩き出した千斗先輩に、椎菜はあわてて付いていきます。東校舎の片隅《かたすみ》の、人気《ひとけ》のない廊下《ろうか》までくると、そこにはあの可児江先輩が待っていました。

「連れてきたわよ」

「ああ。しかし、本当に高校生だったとはな……」

そう言って先輩は椎菜をしげしげと眺《なが》め回しました。決して女性を見る目ではなく、どこかのホームセンターで微妙《びみょう》なデザインのママチャリを買おうかどうか吟味《ぎんみ》しているみたいな目でした。失礼千万《せんばん》な態度ではありますが、この人がかっこいいのは確かです。むかつきます。

「きのうはすまなかった。いろいろ手違《てちが》いがあってな。まだ気が変わってないなら、ここでバイトの面接を済ませたいのだが」

「は、はい？」

「研修期間は二週間。その間の時給は七五〇円だ。希望の職場はマーチャンダイズとフードサービスだそうだが、こちらとしてはアシスタント・アクターを頼《たの》みたい。土日はフルタイム。平日はクローズシフトで最低三日の勤務。その条件でよければ採用するぞ。どうだ？」

「えっと……あの、その……」

よくわかりません。可児江先輩と千斗先輩、このお二人はどういう立場の方なんでしょうか。そんないきなり、こんな場所で採用かどうか決めてしまうなんて、ちょっとおかしくないでしょうか？

「どうなんだ。やるのか、やらんのか」

「え……あの。や、や……」

「やらんのか？」

「いえ。はい。あの、その……」

「どっちなんだ？　早くしろ」

可児江先輩はあからさまに苛立《いらだ》った様子です。ちょっと答えに窮《きゅう》しただけなのに、心の狭《せま》い人です。むかつきます。

「や、や、や……やりゃましゅ!!」

思い切り叫びました。また噛みました。屈辱です。

ちなみに椎菜は『やります』と叫んだつもりでした。自分を変える最後のチャンスのような気がしたのです。ここで断ったら、灰色の高校生活が確定するのは間違いありません。中学時代の繰《く》り返しです。それだけはまっぴらでした。可児江先輩はすごくいやな人ですし、千斗先輩は謎《なぞ》めいてて怖《こわ》いですけど、逃《に》げたら駄目《だめ》です。駄目なのです。

椎菜の声があまりに大きかったせいか、お二人の先輩はしばらくぽかんとしていました。

「やりゃ……ましゅ？　つまりどっちだ？」

「たぶん、どこかの方言じゃないかしら」

「むしろアラビア語とかかもしれんぞ」

二人でひそひそ言い合ってます。ここはもう一度言い直すべきです。

「……や、やりゃます！　いえ、にゃりましゅ！　が、が……がんびです！」

椎菜は『やります、がんばります』と言おうとしたのです。なにをどう間違えたら『がんびです』なのでしょうか。自分の言語中枢《ちゅうすう》に絶望します。

　さすがに見かねたのか、千斗先輩が助け船をよこしてくれました。

「とにかく、やる気はあるのね？」

「は、はい……」

「よし決まりだ。では週末からさっそく頼むぞ」

　話はそれだけとばかりに、可児江先輩はさっさとその場を後にしました。でも一度だけ立ち止まって、椎菜にこう言いました。

「そういえば……おまえ。前にどこかで会ったか？」

「は、はい。あの、こないだ階段で……」

「まあどうでもいい。次は遅《おく》れるなよ」

　椎菜の答えなんか聞こうともしないで、先輩はさっさと行ってしまいました。だったら最初から聞かないでください。むかつくんですよ！

　彼の背中を見送りながら、千斗先輩が言いました。

「あなたがどう思ってるのか、よくわかるわよ」

　なぜかこの人とは仲良くなれそうな予感がしました。

ともかく、こうしてわたくしは甘城ブリリアントパークの一員になったのです。

2

週末からパークでのバイトが始まりました。

朝九時からの出勤です。従業員（『キャスト』と呼ぶそうです）の通用口に隣接《りんせつ》する、警備センターに行ってIDカードを受け取ります。警備主任のオークロさんという人はすごくキョドっていたので、不思議な親近感を覚えました。

千斗先輩からメールで指示をいただいていたので、まずは会議室に向かいます。そこで新人研修を行うとのことでした。

部屋にはわたくし椎菜と同じく、採用されたばかりの新人さんが二〇人ばかりいました。高校生は椎菜だけみたいで、大半は大学生か二〇代くらいの人たちでした。

みんな緊張《きんちょう》しています。椎菜もガチガチです。初めての職場ですから当たり前です。でもひとりだけ、妙《みょう》にリラックスした感じのお姉さんがいました。

ほっこりした雰囲気《ふんいき》の素敵《すてき》な女の人です。たまたま隣《となり》の席になったためか、椎菜に話しかけてきてくれました。安達映子《あだちえいこ》さんという方で、元はAVに出演していたそうです。

いえ、ちょっと待ってください。

AVと言いましたか？　AVってあのAVですか？　アーマード・バルキリーとかじゃ

なくて？

「みんな驚《おどろ》くんですよね。どうしてなのかしら……」

衝撃《しょうげき》で固まっている椎菜をそっちのけに、映子さんはため息をついてます。すごいです。これが社会というものなのでしょうか。隣にそういう職業だった人が座っているというだけで、かなり大人になったような気がします。学校の子たちよりも一歩先に進めました。感謝です。

数分後、遅れて別の女の子が部屋に入ってきました。椎菜の隣に座ります。歳《とし》は椎菜と同じくらいだと思います。たぶんほかの高校の生徒でしょう。髪《かみ》はショートで溌剌《はつらつ》とした感じの人です。彼女は伴藤美衣乃《ばんどうびいの》さんと名乗り、『よろしくね！』と握手《あくしゅ》を求めてきました。ところが、わたくし椎菜はまた『あの、あの……』とキヨドってしまいました。人見知りが原因ではありません。美衣乃さんがパジャマ姿で、その手が鮮血《せんけつ》にべったりと塗《まみ》れていたからです。

「大事な研修だから。病院を抜《ぬ》け出してきたの！　おかげでちょっと傷が開いちゃった。えへへっ……」

えへへっ、じゃありません。見ればわき腹が真っ赤に染まっています。だれか、救急車を呼んでください。この人、変です。それにみるみる、顔から血の気が失《う》せていってます。

「だ、大丈夫《だいじょうぶ》だよ！　これくらいの傷……パークで働くなら……ごほっ」

わたくしが困惑《こんわく》しているうちに、美衣乃さんは倒《たお》れてしまいました。従業員《キャスト》の人が駆《か》けつけて、担架《たんか》で彼女を運び出していきます。

不安におののく新人を前にして、警備主任の人が告げました。

「失礼しました、失礼しました。えー……もうすぐ研修が始まりますので、そのままお待ちください。どうかご安心を」

それだけ言って、どこかに行ってしまいます。とはいえ、これで安心できるわけがありません（映子さんはわりとのほほんとしていました。さすが度胸が座っています）。新人さんのうち何人かは、青い顔で席を立ち、部屋を出て行ってしまいました。無理もないです。できれば椎菜もそうしたかったです。

ほどなく、部屋にトレイナーがやってきます。

トレイナーというのは新人の研修を担当する古株の従業員《キャスト》のことで、ここでまずパークで働く上での必要最低限のことを教わるのだそうです。

「注　目《アテーンション》!!」

鋭《するど》いかけ声と共に入ってきたのは、三匹《びき》のマスコットキャラでした。

ウォンバットみたいなずんぐりとしたネズミ系マスコット。あれはお菓子《かし》の妖精《ようせい》、モッフルです！

白くてもこもこの毛におおわれた羊さん系マスコット。あれは音楽の妖精、マカロンです！

ふわふわの毛にかわいらしいポシェットの子犬系マスコット。あれはお花の妖精、ティラミーです！

モキュモキュと愛らしい足音をたてて、三匹がきれいに整列します。

「わあ……！」

われわれ新人は、ぱっと沸《わ》き立ちました。

無理もありません。なにしろこの三匹は甘城ブリリアントパークの看板キャラクターなのです。たとえマイナーな遊園地とはいっても、そのスター性は決して侮《あなど》れません。きっとバイト初日で緊張している椎菜たちを、まず歓迎《かんげい》して和《なご》ませようという趣向《しゅこう》なのでしょう。パークも粋《いき》なことをしてくれるものです！　感動しました！

これからダンスでも披露《ひろう》してくれるのでしょうか？　それとも記念撮影《さつえい》かな？　みんなわくわくしています。

歓声《かんせい》をあげる椎菜たちの前で——

お菓子の妖精モッフルがホワイトボードを力いっぱい、乱暴に殴《なぐ》りつけました。バンっと耳をつんざく音が響《ひび》きわたります。

「うるさい。黙《だま》るふも」

ものすごく非友好的で、殺気だった声でした。

たちまちみんなは黙り込みました。黙れと言われて黙ったというよりも、このお菓子の妖精が、なにを言ったのかよく理解できなかったのです。

「……なにがおかしいふも？　どいつもこいつも、馬鹿面《ばかづら》さらしてヘラヘラ笑いおってからに。ひょっとして、まだ自分がお客さんかなにかだと勘違《かんちが》いしてるふも？」

みんな言葉もありません。モッフルは続けます。

「よく聞け、新人ども。この夢と希望の国に足を踏《ふ》み入れた以上、おまえらは人間ではないふも。この地上でもっとも劣《おと》った生き物ふも。両生類のクソをかき集めたほどの価値もない！　まともな接客ができるように、ぼくたちがビシバシと厳しく鍛《きた》えてやる。泣いたり笑ったりできなくしてやるふも！」

モッフルが流暢《りゅうちょう》に喋《しゃべ》ったことも驚きですが、その口から飛び出してくる罵詈雑言《ばりぞうごん》のひどさも衝撃でした。

「ぼくらの楽しみは、おまえらが挫折《ざせつ》して脱落《だつらく》していくことだふも。パークの伝統を汚《けが》すおまえらが、ぼくらは心底憎《にく》い。徹底的《てってい》にいじめ抜いて、ここに来たことを後悔《こうかい》させてやるふも。覚悟《かくご》するがいい！……では、教練を始めるふも」

「全員起立！　整列するるろん！」

音楽の妖精マカロンが怒鳴《どな》りました。みんながあわてて整列します。椎菜は辛《かろ》うじて間に合いましたが、ひとり、大学生と思《おぼ》しき男の人がなかなか従いませんでした。

ちょっとチャラチャラしたタイプです。

「おい、おまえ。そこの茶髪《ちゃぱつ》のアホ面。ここに来るふも……！」

チャラ男さんが呼びつけられました。彼は面倒《めんどう》くさそうに、モッフルの言葉に従いました。でも体を斜《なな》めに傾《かたむ》けて、精一杯《せいいっぱい》態度を悪くしています。

「さっそくバカが一匹出てきたふもね。おまえ、出身はどこふも？」

「……北海道スけど」

「北海道？　北海道には牛とカニしかいないそうだな。おまえはどっちふも？」

あまりに理不尽《りふじん》な質問です。当然、チャラ男さんは眉《まゆ》をひそめました。

「はあ？　あんたなに言ってんの……？」

「牛なのか？　カニなのか？　さっさと答えるふも！」

「いや、あの……なんなんスか？　そんなこと言われても……うぐっ！」

モッフルのボディブローを受けて、チャラ男さんがうずくまります。

「いつ質問を許可したふも⁉　牛なのか、カニなのか⁉　いますぐ答えろ！」

「ちょ……ううっ、そ……そんな……」

「もう一発もらいたいふも⁉」

「ひっ……か、カニ……いえ、う、う、牛？　牛っす！」

「牛なんだったら牛らしくするふも！　ほれ、うなってみろ、モーモー！」

「も、モーモー……！」

「そんな弱そうな牛がいるか⁉　子供たちもがっかりだよ！　もっとケツの穴に力を入れるふも！　モーモー！」

「モー！　モー！　モ――――っ‼」

「迫力《はくりょく》なし。練習しておくふも」

チャラ男さんは解放されました。ティラミーに引っ立てられて、列の隅《すみ》っこに立たされます。泣きそうな顔でした。椎菜も泣きそうです。

「よく聞け、ヒヨッコ《ナゲッツ》ども。今後、ナメた態度は許さないふも。口でクソたれる前と後に、必ず『サー』をつけろ。いいふも⁉」

『さ、サー、はい、サー……』

みんながバラバラに答えます。

BORN TO KILL

「『サー、イエッサー』だろん！　ほら！」

『さ……サー、イエッサー……』

「聞こえないみー！　もう一回！」

『サー、イエッサー！』

みんながやけくそになって叫《さけ》びます。それでもモッフルたちは不満そうでした。

「まったく気合いが足りないふも！　そんな調子で、どうやってお客《ゲスト》の相手をする⁉　これでは『甘城ブリリアントパークは腰抜《こしぬ》けぞろいだ』と笑われるふも！　評判ガタ落ちだよ！」

なんだかよくわからないことを言ってます。腰抜けぞろいだとなにか不都合なのでしょうか？　お客はテロリストなのでしょうか。共産主義者なのでしょうか。

それからモッフルたちは、いかにわれわれが能なしなのかを力説し、これからわれわれを感情のない殺人マシーンに鍛え上げると宣言し、まずは二〇キロの装備を背負って二〇キロの距離《きょり》を走らせると言ってきました。

逃《に》げたくなりました。というか、もうみんな、隙《すき》を見て逃げる気まんまんです。

そのあたりで、可児江西也先輩《せんぱい》と千斗いすず先輩がやって来ました。

「なにをやっとるのだ、このクソネズミどもがっ‼」

「ふもっ……!?」

可児江先輩がいきなりモッフルのお尻《しり》を蹴《け》りつけました。

「貴様、教官になにをするふもっ!?」

「やかましい！　だれが教官だ！」

双方《そうほう》、かなり怒《おこ》ってます。たぶんこの二人、仲が悪いです。

「もっふ……ちょうどいいふも。見せしめとしてこの場で死ねっ！」

うなる肉球。よける先輩。丁々発止の攻防《こうぼう》が繰《く》り広げられます。折りたたみ椅子《いす》が飛び交《か》います。テーブルがひっくり返ります。新人は逃げまどうばかりです。

ああ。

いったい何が起きているのでしょうか。

椎菜はただ、遊園地のアルバイトに来ただけのはずだったのに。なぜマスコットたちの乱闘《らんとう》に巻き込まれ、部屋の隅で震《ふる》え上がっているのでしょうか。もう帰りたいです。

「それくらいにしておきなさい」

千斗先輩がマスケット銃《じゅう》をどこからともなく取り出して、可児江先輩やモッフルたちを次々に撃《う》ち倒《たお》していきました。たぶん特別な弾丸《だんがん》かなにかなのでしょう、死にはしませんがものすごく痛いみたいです。全員、うずくまって悶絶《もんぜつ》しています。すでに椎菜は、驚《おどろ》くことを放棄《ほうき》しています。

ようやく騒《さわ》ぎが収まりました。

「……落ち着いたわね？　では話しを進めなさい」

可児江先輩たちはしばらくぐったりしていましたが、千斗先輩にうながされてよろよろと立ち上がりました。肩《かた》でぜいぜいと息をしてます。特にモッフル。着ぐるみなのに息が荒《あら》いです。変です。

可児江先輩が言いました。

「はあ……はあ……。……『新人の教育は任せろ』と言うから任せてみたら……なんなのだ、この海兵隊式訓練キャンプは!?」

「ぜえ……ぜえ……。……新機軸《しんきじく》ふも」

と、モッフルが言いました。

「ほら……最近ツイッターとかでやらかしてるバイトが多いふも。冷蔵庫入ったり、商品の上に寝《ね》そべったり……。企業《きぎょう》の新たなリスクふも。そうならないように……最初から厳しい規律と責任感を植え付けようと……」

「規律が身につく前に、バイトが全員逃げ出すだろうが……！　せっかくこんなダメ遊園地でも応募《おうぼ》してくれたというのに……人手が足りんと散々言っただろう！」

そこでマカロンとティラミーが口を挟《はさ》みます。

「まあ、おといみんなで『フルメタル・ジャケット』観たのが一番の理由なんだろん」

「ハートマン軍曹《ぐんそう》の罵《ば》詈《り》雑言《ぞうごん》とか、ちゃんと練習してきたんだみー」

「そんなことだろうと思った……。とにかくおまえらは解任だ！　持ち場へ帰れ。しっ、しっ」

野良猫《のらねこ》かなにかでも追い払《はら》うように、可児江先輩はモッフルたちを追い出そうとします。

「えー、解任ふも？」

「そんな……！　ランニングの時の替《か》え歌とか、がんばって用意してきたんだろん！」

「そうだみー！　『いすずちゃんの●ッシーは冷凍《れいとう》●ン庫』とか……はぐうっ」

千斗先輩からまた撃たれて、ティラミーが死にました。思うにあのマスケット銃は、ハリセンのようなものなのでしょう。わたくし椎菜は理解しました。

ティラミーの亡骸《なきがら》を引きずって、モッフルとマカロンが退場します。残った可児江先輩と千斗先輩が、咳払《せきばら》いをしました。

「えー、申し訳ない。いささか手違《てちが》いがあったようで……。いまのバカどものことは忘れてくれ。ああ、待って、待って。帰らないで……うーん、帰ってしまった。くそっ」
二、三人の新人さんが部屋から逃げ出すのを見送り、可児江先輩が舌打ちしました。

「千斗、頼《たの》めるか？」

「ええ」

書類の束を小脇《こわき》に抱《かか》えて、千斗先輩が前に出ました。

「これから基本的な決まり事について説明するわ。こちらにプリントがあるので、回してちょうだい」

あとはスムーズに進みました。

可児江先輩はほかの仕事があるとかで、すぐに消えてしまいました。

千斗先輩はごく事務的に、パークでの規則や専門用語、服装や挨拶《あいさつ》の基本などについて説明してくれました。事務的というのは本当にすばらしいと思います。事務的万歳《ばんざい》です。

話を聞いているうちにだんだんとわかってきましたが、可児江先輩と千斗先輩はただのバイトのリーダーではなくて、もっと重要な役職を任されているようでした。詳《くわ》しいことはよくわかりません。でもパークの制服を着て、てきぱきとオリエンテーションを進める千斗先輩の姿は、学校で見る時よりもずっとかっこいいです。椎菜もあんな感じの『デキる女』になりたいものです。

素敵な先輩なのは確かなんですが、やはり可児江先輩との関係が気になります。わたくしの直感では、あの二人はあやしいムードのような気がします。人目につかないところで、すごくエロいことをしているかもしれません。て、手をつないだり……とか！　でも容赦《ようしゃ》なくマスケット銃で撃ったりしてますから、案外ドライな関係なのかもしれません。

むーん、気になります。今後、機会があったらじっくり観察したいものです。

オリエンテーションは午前中に終わり、午後からはいよいよ現場に配属です。千斗先輩が新人の名前を読み上げ、それぞれの配属先を告げていきました。

あの元ＡＶ女優（？）の安達映子さんは、『マカロンのミュージックシアター』に配属されていきました。去り際《ぎわ》、椎菜にちょこちょこっと手を振《ふ》ってくれます。いい人です。お姉さまと呼ばせてください。いえ、呼びません。すみません。

「中城椎菜さん」

「は……はい！」

「あなたの配属《アサイン》は『モッフルのお菓子《かし》ハウス』。アシスタント・アクターよ。がんばってね」

「ひゃい、がんびでしゅ！」

椎菜が『はい、がんばります』と言おうとしたことは、もはやご理解いただけているかと思います。

でも待ってください。いま『モッフルのお菓子ハウス』と言いましたか？　そのアトラクションって、さっき暴れたあのモッフルのいるところですよね？　そのアシスタントですか？　たぶん椎菜、失禁します。実はさっきもギリギリだったんです。

「なにか質問は？」

「え……あ、あの……ないです」

逃げるかどうか、さんざん悩《なや》みました。

いまならまだ間に合います。千斗先輩に『辞《や》めます』と謝って、パークを飛び出し、自宅に帰ってベッドに潜《もぐ》り込むのです。そうすれば、あのこわいモッフルに会わなくて済みます。

いえ、そうとばかりも言えません。

そもそも先に述べたように、わたくし椎菜は小さな頃《ころ》からモッフルのファンだったのです。ずんぐり、もこもこ。つぶらな瞳《ひとみ》。お菓子が大好きなみんなのアイドル。小首を傾《かし》げて、あの無垢《むく》なふも口で『ふも？　もっふる～』とか言ってくれます。超《ちょう》かわいいです。抱《だ》きついてふにふにしたくなります。寂《さび》しいときは、いつもモッフルのぬいぐるみが心の支えでした。

だというのに――

あのモッフルはあんまりです。粗暴《そぼう》で攻撃的《こうげき》。言葉遣《づか》いも汚《きたな》くて、そもそも目つきが悪いです（着ぐるみで『目つきが悪い』ってどういうことなのでしょうか。よくわかりませんが、とにかくそうなのです）。

椎菜のピュアなイメージは、完膚《かんぷ》なきまでに破壊《はかい》されてしまいました。ベトナム戦争のテト攻勢《こうせい》で激戦地になった旧都フエみたいにズタズタです。腹が立ちます。

ならば、ここは戦うべきではないでしょうか？

一度だけでもお菓子ハウスに行って、モッフルの中の人にせめてもの抗議《こうぎ》をすべきです。できればスーツを脱《ぬ》いでもらって、中の人の貧相《ひんそう》な顔をおがんでやるのがいいです。そうすれば、自宅のベッドで待っている椎菜のモッフルとイメージを切り離《はな》すことができます。きっといい夢が見られます。

一念発起です。椎菜はお菓子ハウスに向かいました。

バシッとあの着ぐるみに言ってやるつもりです！　そう、穏《おだ》やかな夜を取り戻《もど》すために！

「三〇分遅刻《ちこく》とは……。おい新入り。おまえ仕事ナメてるふも？」

「あう……あう……あの、あの……すびばせん、すびばせん……！」

わたくし椎菜はすでに半泣きでした。

ちゃんと余裕《よゆう》をとって向かったつもりだったんです。でも初めてのバックステージで、どこをどう歩いたのやら……なんだか、気が付いたらぜんぜん違《ちが》うエリアの、宇宙みたいな場所に出てしまって、現場のキャストの人（ロボットの着ぐるみ？でした）に叱《しか》られました。もちろん道を聞いたのですが、あちこちたらい回しにされているうちに、わけがわからなくなってしまって……。悔《くや》しいです。自分の方向感覚に絶望します。

「ば、場所が……わからなくて……もう、すびばせん。す、すびば……」

「あー、もういいふも。とにかく付いてこい」

ぶつぶつと何かを言いながら、モッフルはさっさと行ってしまいます。

大遅刻という負い目があっては、言いたいことも言えません。無念です。屈辱《くつじょく》です。

「だいたい……ゴールデンウイークの準備で大変なのに、新人の面倒《めんどう》とは……。しかも子供ふも。なんでぼくが子供の相手なんかしなきゃならないふも……」

子供の相手があなたの仕事でしょう⁉　と叫《さけ》びたかったですが、もちろん椎菜にそんな度胸はありません。

モッフルはお菓子ハウスの裏をずんずんと歩いていきます。従業員用の通路です。オンステージの方から、いたずらネズミたちの笑い声が聞こえてきます。

なんか、いまさらですが感動です。遊園地の舞台裏《ぶたいうら》を、こうして歩けるなんて。

雑多な備品置き場と化した、通路の一角まで来ました。シンナーの臭《にお》いがほのかに漂《ただよ》っています。予備のパペットやオーディオ機器。機材やパペットを修理するための工作台。裁縫《さいほう》用の道具とミシン。工具や塗料《とりょう》などもずらりとあります。エアブラシを完備した塗装《とそう》台なんかもありますが、そこにある防塵《ぼうじん》マスクが妙《みょう》に大きいのが気になりました。どう考えても、あのマスクはモッフルの顔に合わせたサイズです。

「……本当はね、備品の管理なんかはひとつの部署で一括《いっかつ》してやった方がいいんだふも。でも、予算がなくてアトラクションが各自でやってるふもよ。ここはぼくの作業スペース。勝手にいじるなよ」

「は、はい……」

「まずはおまえの服装ふも。サイズの合うコスチュームがあるかどうか……」

備品置き場の奥にあるロッカーを、モッフルがごそごそと探《さぐ》ります。中から淡《あわ》いピンクのコック服みたいなコスチュームが出てきました。シンプルだけどかわいらしいデザインです。

「いちばん小さいのでこれかな……。うーん、ちょっとそこに立つふも」

「は、はい……」

コスチュームを椎菜の肩《かた》や腕《うで》にあてて、モッフルがあれこれ吟味《ぎんみ》します。メジャーを取り出し、あちこち計ります。胴回《どうまわ》りまで計ります！

「あの、これ、せ、セクハラ……」

「はあ？　いっちょ前に何言うふも。おまえみたいなガキ、対象外ふも。ほれ、腕あげろ、腕」

モッフルは怒《おこ》るどころか、あきれている様子です。ものすごく適当にあしらわれました。屈辱です。

「ううっ……」

「やっぱり、ぜんぜんブカブカふもね。下のズボンは言わずもがな……。ふーむ」

すこし思案すると、モッフルはズボンをぽいっと放《ほう》り出し、上のコック服をいじり始めました。はさみは使わず、安全ピンと簡単な縫《ぬ》いつけだけで、ささっと器用に余った布地を折り込んだりしています。

丸い肉球で、裁縫仕事をしています。わけがわかりません。どういう仕組みなのでしょうか？

「こんなもんかな。仮縫《かりぬ》いだけど着替《きが》えるふも。ほら」

「え？　こ、ここで……ですか？」

「向こうに業務用のトイレあるから、さっさとするふも」

あからさまにイライラした様子でモッフルが急《せ》かします。椎菜はあわててトイレに走り、言われたとおりに着替えました。

何度も述べている通り、わたくし椎菜は小柄《こがら》なので、コスチュームの上だけを着ればちょうど膝上《ひざうえ》一〇センチくらいのワンピース状態になります。ちょっと短いような気がして恥《は》ずかしいですが、鏡で見てみたらなかなかかわいい感じです。コックさんの帽子《ぼうし》をかぶって完成です。

すごい！　これで椎菜もキャストの一員です！

不安なことだらけですけど、やっぱりこうして制服（？）を着れば、気分も盛り上がってきます。鏡の前でくるりと回ります。これは……なかなか、いやかなりいい感じです！

これはさっそく写真を撮《と》って、お母さんに送らなければなりません。きっと喜んでくれることでしょう。

慣れないスマホの操作にもたついていると、扉《とびら》が乱暴に叩《たた》かれました。

「いつまで待たせる!?　早くするふも！」

「ふわわ……す、すみません、すみません！」

写真は今度にしましょう。トイレから飛び出します。

椎菜の制服姿を、モッフルはしげしげと眺《なが》めます。ものすごく慎重《しんちょう》で批判的な目つきです。

「……よし、我ながら見事な腕前《うでまえ》ふも。その服、きょうの仕事が終わったらさっきの作業場に置いとくふも。本縫いするから。私物は向こうのロッカー。空いてるところを勝手に使うふも」

「は、はい」

衣服や私物をロッカーに放り込みます。

モッフルの態度は相変わらず厳しいですが、服を縫ってくれるというのはちょっと意外でした。意外といい人なのかもしれません。

「なにそのほんわかした顔。ぼくのこと『いい人かもしれない』とか思ったふも？」

「え、あの……その……」

「勘違《かんちが》いするな。おまえごときメスガキに任せたら、大事なコスチュームが台無しになるからぼくがやるだけふも。いい迷惑《めいわく》だよ、まったく……」

やっぱり、いやな人でした。しかも変に勘がいいです。ムカつきます。

「きょうはまず、エントランス・スクエアでのアシストをやってもらうふも。付いてこい」

　椎菜とモッフルさんは地下通路を歩いて、エントランス・スクエアのバックヤードまで来ました。

　あ、すみません。今後は『モッフル』を『モッフルさん』と呼ぶことにします。呼び捨てにすると落ち着かない気分になるような、変な風格やら貫禄《かんろく》やらがこの着ぐるみにはあるからです。あと、こうやって『さん』付けで呼べば、椎菜のベッドで待っているぬいぐるみのモッフルとは切り離して考える一助にもなります。

　そんなわけで、モッフルさんです。

　さて、エントランス・スクエアというのは、要するに入り口の広場です。お客《ゲスト》さんが入場ゲートを通って入場したときに、最初に出る場所です。

「これからオンステージふも。ゲストの前に出るから、注意するふも」

「は、はい」

「ぼくがゲストにサービスするから、おまえはその補助をする。時間もカウントするふも。三〇分たったら休憩《きゅうけい》だから、ぼくをバックステージに誘導《ゆうどう》するふも。写真を撮って欲しいゲストがいたら、おまえが撮ってあげるふも。ジャグリングもやるから、道具はおまえが持つふも。あと、同じゲストがずっとぼくから離《はな》れないときは、おまえがやんわりと引き離して、お待ちしている別のゲストを通すふも。ほかにもいろいろ。臨機応変に対応すること。なにかわからないことは？」

なにがわからないのか、わかりません。

こんな一気にいろいろ言われてしまっては、混乱するばかりです。でもモッフルさんは厳しい目つきでこちらを見ています。下手なことを言ったら怒鳴《どな》られそうです。

「だ、大丈夫《だいじょうぶ》……だと思います」

「よし、では行くふも」

身なりを軽く整えて、モッフルさんが出て行きます。後から付いていく椎菜は緊張《きんちょう》でガチガチです。右手と右足が同時に出るなんて、本当にあったのですね。いい勉強になりました。

でもエントランス・スクエアに出たとたん、椎菜はあっけにとられてしまいました。

今朝から薄暗《うすぐら》くて陰気《いんき》なバックステージばかりで過ごしていたので、まともにオンステージに出たのはこれが初めてだったのです。

「あ……」

明るいメロディが流れ、噴水《ふんすい》が小気味よくリズムを刻み、色とりどりの建物やオブジェが陽光を受けてきらめいています。

すでにマカロンやティラミー、マイナーキャラだけどワニピーなど、このパークのキャラクターたちがゲストを歓迎《かんげい》しています。風船を配るキャラや、笛を演奏するキャラ、パントマイムを披露《ひろう》するキャラ、あれこれです。どれも見事な芸でした。とても着ぐるみだとは思えません。

甘城ブリリアントパークといったら、東京西部では有名なダメ遊園地のはずなのですが

——

そんなことはありませんでした。

そこは間違いなく、光にあふれた夢の国でした。

「先月までは、この広場もひどい場所だったふも」

モッフルさんがつぶやきました。

「でも、みんなで一生懸命《けんめい》直したふもよ。予算がなくてもやれることはやろうと……。徹夜《てつや》続きで大変だったけど、まあ、なんとかサマになってきたふも」

今朝からいろいろあって、正直、この遊園地にはなんの希望も持てなくなっていました。

でも、もうちょっとこのパーク、この『職場』を見ていたいような気がしました。

それくらいの不思議な魅力《みりょく》が、この光景にはありました。

「さあ、楽しい仕事の始まりふも」

モッフルさんが広場の中央へと向かっていきます。その後ろ姿に、椎菜はなにか形容しがたいものを感じました。

前にこういう姿を見たことがあるような気がします。

そう、たぶん……お父さんです。

椎菜のお父さんは消防士でした。たまに急な呼び出しがあって、家を出ていくときの後ろ姿が、あんな感じだったような気がします。

職種も外見もぜんぜん違うのに。

なぜそんな風に感じたのでしょうか。よくわかりません。

「ほら、ゆうなちゃん。見て！　モッフルだよ！」

小さな女の子を連れた家族が、さっそくモッフルさんの前に来ます。

モッフルさんは可愛《かわい》らしく小首をかしげて手を振《ふ》ります。

女の子はすこしためらっていましたが、思い切ってモッフルさんに近づいて、その裾《すそ》をきゅっとつかみました。モッフルさんはもこもこの腕《うで》で女の子の頭を撫《な》でます。女の子が初めて笑います。そのご両親も嬉《うれ》しそうに、ぱっと笑顔《えがお》を輝《かがや》かせます。

いまやあそこにいるモッフルさんは、新人に毒づくいやな従業員《キャスト》ではありませんでした。

椎菜が毎晩抱《だ》いている、やさしいやさしいモッフルでした。

彼は魔法《まほう》を使ったのです。


とはいえ感動してばかりはいられません。

椎菜の仕事であるアシスタント業務についていえば、もう、散々でした。

そのゲストのご家族がモッフルとの記念撮影《さつえい》を撮りたがっているのに、椎菜はぼ――っとしたまま棒立ちでした。気づいたときには、そのご家族はほかのゲストに写真をお願いしていました。

モッフルさんがにらみつけてます。こわいです。

ひとしきりゲストと触《ふ》れあったあと、モッフルさんが椎菜に手を差し出してきます。ジャグリングのための道具――お手玉を渡《わた》すように要求していたのですが、椎菜はそれに気づけず、自分の右手をぽん、と出して『お手』状態を演じてしまいました。

モッフルさんがにらみつけてます。こわいです。

ゲストのお年寄りが道を聞いてきました。『アクワーリオ』というアトラクションに行きたいらしいのですが、椎菜にはさっぱりわかりません。あたふたしてたら、けっきょくそのお年寄りはパンフレットの地図を取り出し、さっさとどこかに行ってしまいました。

モッフルさんの目つきは、椎菜を刺《さ》し殺さんばかりです。こわいです。

気が付いたら、この広場にきて一時間がたっていました。なにか大切なことを忘れているような気がします。そうでした、三〇分たったら休憩なのでした。椎菜がモッフルさんをうながして、バックステージに連れていく役目……たしかそう言っていたような気がします。

しびれを切らしたのか、モッフルさんが強引《ごういん》にひとりでバックステージへと下がっていきます。もきゅもきゅと、すごい早足です。仕方なく椎菜も後に続きます。

「こ……の……能なし！」

バックステージに戻《もど》るなり、モッフルさんは椎菜を怒鳴りつけました。

「おまえの仕事はぼくのアシストふも！　なのに何にもしなかったふも！　これで時給もらえると思ってるふも⁉　実はおまえ、やる気ないだろ⁉」

「あの、あの……すみません……」

「またそれだよ！　おまえときたら『あの』と『すみません』しか言わないふも。日本語知らないふも？　実はウクライナ出身ふも？　とにかくこんな調子じゃ、ぼくひとりの方がよっぽどマシだふも！」

「す、すみま……」

「すみません禁止ふも！」

「ふ、ふ……ふえええええ……」

なんと言ったらいいのかわからず、椎菜はまたもや泣いてしまいました。仮にも仕事の場で泣き出すことが、大変よくないことだというのはわかっているつもりなのですが、これは女のサガとでも言うものなのです。どうにもなりません。

いつものパターンです。辛抱強《しんぼうづよ》く面倒《めんどう》を見てくれる級友の期待を、わたくしはいつも裏切ってしまいます。そして相手はイライラして、失望して、慰《なぐさ》めるような言葉を投げかけてから、背を向けて遠ざかっていくのです。

モッフルさんも同じでしょう。仕方のないことです。

だって、わたくしがダメなのだから。

「ふえ……すび……ふえ……あの……」

泣きじゃくり、しゃくりあげていると、モッフルさんは深いため息をつきました。

気まずい沈黙《ちんもく》が続きます。

次に来るのは、『わかった、もう帰っていいよ』あたりでしょうか。役立たずの椎菜を、穏便《おんびん》に遠ざけるための無難な言葉。はやく言って欲しいくらいでした。そうすれば、まっすぐ帰ってベッドに潜《もぐ》り込めます。いつも通りの、ダメな椎菜に戻れます。

ですがモッフルさんは、こう言いました。

「次はもう少しマシにやるふも。なにかわからないことは？」

モッフルさんは、逃《に》げることを決して許してくれませんでした。いやがる椎菜をゲストの前に引きずり出して、無理矢理接客をさせました。

でも、すぐに椎菜の要領がよくなるわけがありません。

さんざんでした。ゲストからため息をつかれ、舌打ちされ、怒鳴られました。

そのたびに椎菜はパニックに陥《おちい》りました。モッフルさんや周りのキャストがフォローはしてくれていたみたいです。どうフォローしてくれたのかは、パニクっていたのでよくわかりません。

こわくて情けなくて恥《は》ずかしくて、何度も泣きそうになりました。そのたびにモッフルさんは椎菜をバックステージに連れ戻し、『なにかわからないことは？』と言ってくるのです。

最初はなにも質問できませんでした。でも三度目か四度目かに、椎菜はおそるおそる、どうにかこうたずねました。

「あ、あの……。写真を撮《と》ってあげたいとき……ゲストにどう言ったらいいんですか？」

するとモッフルさんは、怒《いか》りも叫《さけ》びもせずに、落ち着いた声で言いました。

「もっふ。……そのときは、『お客さま、よろしければモッフルとご一緒《いっしょ》のお写真をお撮りしましょうか？』と言えばいい。試《ため》しにぼくに言ってみるふも」

「……はい。あの……」

「うん」

「……お、お客さま。よろしければ、モッフルさんとご一緒のお写真をお撮りしましょうか？」

「『モッフルさん』じゃなくて、『モッフル』ふも。さあもう一回」

「お……お客さま。よろしければ、も、モッフルとご一緒のお写真をお撮りしましょうか？」

「どもるな。もう一回」

「お客さま、よろしければ……モッフルとご一緒のお写真をお撮りしましょうか？」

するとモッフルさんは注意深い目でわたくしを見つめてから、小さくうなずきました。

「……まあいいか。これでわかったふも？」

「は、はい」

「じゃあほかに、なにかわからないことは？」


きびしい一日が終わりました。

ヘトヘトの椎菜は、モッフルさんの指示で『モッフルのお菓子《かし》ハウス』の清掃《せいそう》をしてから、例の従業員用トイレで私服に着替《きが》えました。すさまじいストレスにさらされて、ほとんど虚脱《きょだつ》状態です。

でも脱《ぬ》いだ制服をモッフルさんの作業場に置いておかなければなりません。

いやな汗《あせ》をたっぷり含《ふく》んだ制服です。はっきりいって他人に渡したくはありませんが、そうとばかりも言ってられません。制服を折り畳《たた》んで作業場の方へ歩いていくと、角の向こうで話し声がしました。

モッフルさんと、可児江先輩《せんぱい》の声でした。

「……で、どうだった？」

「さんざんふもよ。ゲストとまともに口もきけないんだから。しまいには泣き出す始末。まったく、泣きたいのはこっちだふも」

椎菜のことです。わたくし椎菜の働きぶりについて、二人が話しています。疲労《ひろう》で弛緩《しかん》していた手足が、ぎゅっと緊張《きんちょう》しました。

「見込みなしか？　客商売が向かないタイプなら、バックステージの仕事に回す手もあるが」

「どうかな。あんなものじゃないかなあ、とも思うふも」

「そうなのか？」

「もっふ。西也、おまえは元役者だそうだね」

「……それがどうした？」

可児江先輩の声が、すこし強《こわ》ばるのがわかりました。

「初めて舞台《ぶたい》に出たとき、どうだったふも？　緊張くらいはしたよね？」

「ん……まあ、それは、そうだが」

「おまえに度胸があるのは知ってるふも。そのおまえでも、緊張くらいはしただろ。だったら、ああいう内気な子がどうなるか……想像はつくふも」

「ふむ……」

「数百人の観客でも、二〜三人のゲストでも。自分をさらけ出すのは同じふも。こわいよ。すごくこわい。だからまあ……うん。初日じゃわからないってことだふも」

なぜか歯切れの悪いお言葉でした。可児江先輩もそれを感じたご様子です。

「なんだそれは。バイトを庇《かば》っているのか？」

「そういうわけじゃ……」

「そうとしか思えんぞ」

「もっふ。とにかく、きょうは特別きびしくしたよ。これで逃げたらそこまでの人材だと思うふも。甘い言葉で仕事を教えても、どうせ長続きしないから」

「まあそうだが、スパルタ式も大概《たいがい》にしてくれよ」

「了解《りょうかい》ふも」

お話はそれきりだったようで、可児江先輩の足音が遠ざかっていきます。

立ち聞きをしてしまった椎菜は、どうしたらいいのかわからずに、その場で固まってしまいました。今朝のオリエンテーションのときは、『死ね』だの何だのと言って取っ組み合っていたお二人が、あんな会話をしているのは本当に意外でした。

実は仲良し？

それに、可児江先輩が元役者？　どういうことでしょうか？　学校では千斗先輩くらいしか友達がいない（？）人ですし、およそ社交性というものが皆無《かいむ》なタイプだと思っていたのに。

「おい新入り。聞いてたふも？」

「ひっ……!?」

悲鳴をあげてしまいました。どうやら、モッフルさんは椎菜が立ち聞きをしていたのを知っていたようです。ろくな言い訳も思いつかないまま、椎菜はモッフルさんの前に出て行きました。

「あの、あの、すみません、すみません。あたし、あたし……」

「あー、いいふも、いいふも」

モッフルさんは面倒くさそうに肉球を振《ふ》りました。

「どうせ、これから話そうとしてたことだから。手間が省けたふも」

椎菜の手から制服をひったくると、モッフルさんは例の作業スペースにもきゅもきゅと歩いていきました。どうしたらいいのかわからないので、椎菜も後に続きます。

「……おまえがきょう、しんどかったのはよくわかってるふも。西也から聞いたけど、高校一年だってね？　おおかた通いはじめた学校になじめなくて、バイト先で楽しい毎日を送りたいだとか、そういう甘い考えでここに来たふも？」

「えっ……」

図星すぎます。可児江先輩といい、ここの皆さんは人の心でも読めるのでしょうか？

「ど、どうして……わかるんですか？」

「きょう一日、おまえを見てりゃわかるふもよ。それが大人ってもんだふも」

モッフルさんの言葉は貫禄《かんろく》たっぷりでしたが、もこもこのげっ歯類にそんな分別くさいことを言われても困ります。

「……とにかく、さっき西也と話してた通りだよ。きょうは厳しくしたふも」

「え、それじゃあ……」

「もちろん明日《あした》も厳しくするよ。あさっても、しあさっても。永遠にしごき続けてやるふも。客商売を甘くみるなだふも」

「うう……」

「イヤなら早めにやめるふも。お互《たが》い時間を無駄《むだ》にしないためにも」

「……………」

「わかった？　では以上。解散ふも」

翌日の日曜日の朝は、もう出勤する気がほとんどなくなっていました。

食欲はまったくありませんでしたし、おなかが痛いような気もします。でも牛乳くらいは飲んでおこうかと思って冷蔵庫をのぞきこんでみたら、昨夜の残りのアップルパイが入っていました。

お母さんが、椎菜のバイト初日を記念して、一生懸命《けんめい》作ってくれた手作りケーキです。甘さ控《ひか》えめなのでものすごくおいしかったわけではありませんが、やっぱりそれはとびきりのケーキでした。仏壇《ぶつだん》のお父さんの前にケーキを供えて、お母さんは熱心に手を合わせていました。

いまは朝です。お母さんはファミレスのパートに出かけているので、家には椎菜ひとりだけです。

このまま布団《ふとん》をかぶって、知らんぷりしていればいいのです。

でも。でも。

朝ごはんがわりにアップルパイを食べていたら、その甘酸っぱさに涙《なみだ》が出てきました。

あと一日だけ。

せめてきょう一日だけ、あのいやな職場に行ってみようと思いました。それさえできたら、このアップルパイも椎菜を許してくれそうな気がしたのです。

「おそい！　すぐにオープンの準備ふも！」

モッフルさんが怒鳴《どな》りつけてきました。

あまりの仕打ちです。パークへ向かうバスの中で、こみ上げてくる吐《は》き気と必死に戦って、どうにかこうにか出勤してきたというのに！

あわててロッカーに走ります。椎菜の制服はすでに本縫《ほんぬ》いが済んでいました。無造作にハンガーでかけてあります。着てみるとぴったり。見事な出来映《できば》えでした。

着替えもそこそこに、さっそくモッフルさんに連れ回されて、『あれをしろ、これをしろ』と言われます。右へ左へてんやわんやで、もういちいち細かいことに悩《なや》んでいるヒマさえありませんでした。

『モッフルのお菓子ハウス』には、ほかにも何人かのバイトさんたちがいました。鼻息の荒《あら》いモッフルさんに比べて、彼らはまったり、マイペースです。でも怒《おこ》られていません。自分の仕事はきっちり心得ている様子で、モッフルさんから指示を受けることもなく、淡々《たんたん》と働いていました。

「ずいぶんと絞《しぼ》られてるみたいだね」

開園直前、ゲストを待つまでのほんのひとときに、先輩バイトさんのひとりが話しかけてきました。

「あのオヤジ、先月に閉園のピンチを切り抜《ぬ》けてから、やたらとやる気になってるんだよなあ。前は投げやりだったのに」

聞けばその先輩バイトさんは、このお菓子ハウスで一年くらい働いているそうです。大学生なので、もうすぐ就職活動のために辞《や》めるつもりらしいですが。

でも、モッフルさんはこの先輩たちにはそれほど厳しくありません。椎菜にはあんなに怒鳴り散らすのに。なぜでしょうか……？

「いや、そりゃ。きみがヘマばかりしてるからだろ」

ものすごく納得《なっとく》のいくご意見でした。椎菜はぐうの音《ね》も出ません。落ち込みます。

そうこうしているうちに、開園時間が過ぎてゲストがちらほらとお越《こ》しになりました。アトラクションのルートの終わりで、モッフルさんと椎菜が待機して、ゲームを終えたゲストと記念撮影《さつえい》をする流れです。基本的には、きのうのエントランス・スクエアでの仕事とあまり変わらないので、どうにかにらまれずにすみました。

問題は小一時間ほどたってからでした。老人会の団体さんをさばいてから、モッフルさんが言いました。

「よし、ここはいいふも。ぼくは出なきゃならない会議があるから、おまえはここでぼくの代わりをやるふも」

「はい？」

「こっち。こっち。くるふも」

モッフルさんに連れられ、バックステージの備品置き場に行きます。そこで差し出されたのは、モッフルさんの着ぐるみでした。パティシエのコスチュームとコックさんの帽子《ぼうし》。ふわふわの毛皮。もっこり、もこもこのかわいらしい頭部。

「あの、あの、これは……？」

「ぼくの替《か》え玉ふも。これを着て、お菓子《かし》ハウスで記念撮影をやってて。ぼくはステージの仕事があるから」

「あ、はい……。でも、その……」

　替え玉って、どういうことでしょうか？　いえ、こういう遊園地ですから、着ぐるみのスペアくらいあるのはよくわかります。でも、このスペアは出来はいいもののいかにも『着ぐるみ～』といった作りで、モッフルさんの着ぐるみに比べると一段落ちる感じでした。モッフルさんのような生々しさ、ある種のオーラが感じられないのです。

　顔を見たこともない中の人の着ぐるみを着るのはちょっと抵抗《ていこう》がありましたが、どうせならクオリティの高いものを着用したいものです。椎菜はがんばって主張してみました。

「あの、で、できれば……そちらの方を使わせていただきたいのですが……」

　するとモッフルさんは怪訝《けげん》そうに眉《まゆ》をひそめ（本当によくできた着ぐるみです）、ご自分の背後を振り返りました。古びた壁《かべ》があるだけなのに。

「ふも？」

まるで『え、俺？』とでも言わんばかりに、モッフルさんはご自身を肉球で差しました。

「はい……。もしよければ、そちらの着ぐるみを……」

「ああ。もっふ」

モッフルさんは合点《がてん》がいった様子でうなずきました。

「脱《ぬ》げないふも」

「？」

「だから、脱げないふも。中の人などいないから」

おっしゃる意味がわかりません。たしかにこうしたテーマパークでは、『中の人などいません』という建て前で、マスコット（キャラクター）たちを売り出しているらしいですけど……。

「わからないふも？　ああー、めんどくさい……」

言うやいなや、モッフルさんはあんぐりと大口をあけて、『ばふっ』と椎菜の手を噛《か》みくわえました。予想したような布の感触《かんしょく》ではなく、しっとりと濡《ぬ》れた生物の感触が指先に襲《おそ》いかかりました。これは、舌です……！　そして歯です！

「ひいっ……!?」

そんなにべったりとした不快なものではありませんでしたが、小さいころに飼っていたハムスターに指先をもぐもぐされた時と同じなにかが、モッフルさんのふも口の中にはありました。

「え？　ちょ？　まっ……!?」

手を引っ込めて部屋の片隅《かたすみ》に全力待避《たいひ》した椎菜を、モッフルさんは追撃《ついげき》しませんでした。ただ小鼻をふんといわせ、腕組《うでぐ》みしています。なにか不本意なものを食べたあとみたいに、『ω《オメガ》』なふも口をモニュモニュさせて唾《つば》をはきます。

「わかったふも？　ぼくはこのまま、この通り」

「せ、セクハラ……」

「うるさい。いちばん分かりやすいように教えただけだふも。……とにかくこういう具合で、ぼくは魔法《まほう》の国メープルランドから来た本物なの。ものすごい秘密にしてるわけじゃないから、ここで言っとくふも。わかった？　わかったなら、さっさとこの着ぐるみを着て、ぼくの替わりを務めるふも」

モッフルさんが、ぐいっと着ぐるみの頭を押しつけてきました。

そのあとはもう、混乱するやらなにやらで、あっという間に一日が過ぎていってしまいました。

モッフルさんには本当に中の人などいなくて、魔法の国からきた本物の妖精《ようせい》さんなのだということです。だったら、モッフルさんは『本物のモッフル』ということになります。

いやです。ひどいです。あんまりです。

やさしくてかわいいあのモッフル、お菓子の妖精モッフルが、あんな、底意地が悪くて無愛想でエラそうで高圧的なモッフルさんだなんて！

しかも夕方の休憩《きゅうけい》時間には、差し入れのドーナツをもぐもぐ食べながら、ため息をついてこんなことを言ってました。

「またドーナツか……。ぼくは甘いものとか、あんまり好きじゃないふも……」

「で、でも、お菓子の妖精なんですよね？　ドーナツが大好物だって……」

「それは宣伝用のプロフィールふも。前に『セニョール・ドーナツ』とコラボして……ほら、あの有名なチェーン店」

「はい。椎菜も大好きです」

「そのキャンペーンで、勝手にドーナツ好きってことにされたふも。そんな毎日毎日、休憩でドーナツばかり食うかっての。アメリカの警官かよ？　まったく迷惑《めいわく》な話ふも」

「あの、それじゃ……どんなお菓子がお好きなんですか？」

「そうねえ……強《し》いてあげれば、サラミとあたりめかなあ」

それはお菓子じゃなくておつまみなのではないのでしょうか？

「あー、そんな話したらビール飲みたくなったふも。もうホッピーには飽《あ》き飽きだよ。きょうくらいは飲んじゃおうかなあ、ビール……」

「の、飲むんですか、お酒……」

「当たり前でしょ。むしろ飲むために仕事してるんだふも」

と言うなり、どこからともなくタバコを取り出し、百円ライターで火をつけます。

銘柄《めいがら》は『ホープ』です。ショートホープ、略してショッポです。渋《しぶ》いです。

でもこれではただのオッサンです！

「なにその顔。『ただのオッサンみたいだ』と思ったふもね？」

「ぎくうっ！」

「図星か。てか本当に『ぎくうっ』とかいう奴《やつ》、初めて見たふも」

「で、でもでも、妖精なんですよね⁉　子供たちに夢を与《あた》えるマスコットなんですよね⁉

なのにお酒とかタバコとかは……ちょっと……」

モッフルさんがじろっとにらんできました。こわいです。

「ちょっと、なんだふも」

「いえ……その……。すみません」

うつむいた椎菜の横で、モッフルさんは紫煙《しえん》を吐き出します。大しておいしくもなさそうな顔です。

「仕事のときはちゃんと控《ひか》えてるよ。エラそうなご高説は、仕事がまともにできるようになってからにするふも。……ところで」

モッフルさんがしげしげとわたしの顔をのぞき込みました。

「はい？」

「おまえ、ずいぶん喋《しゃべ》るようになったふもね」

「あ……」

そうでした。言われてみれば、きょうはモッフルさん相手にわりと受け答えが出来ています。きのうはほとんどまともに口もきけなかったのに。驚《おどろ》きです。不思議です。

「どうやらしごきが足りなかったようだね。では、残りの勤務時間はもっとビシバシいくふも」

たちまち目の前が真っ暗になりました。

さんざん叱《しか》られたり怒鳴《どな》られたりし続けて、二日目が終わりました。

あす月曜日は、学校が終わってからの出勤ということになっていましたが、もう行くつもりはありませんでした。わずか二日ですが、バイト生活はおしまいです。

あんなにイヤだったのに、無理して出勤したのです。もう十分だと思います。椎菜はよくがんばりました。

うちに帰ったらお母さんが『きょうはどうだった？』と聞いてきましたが、疲《つか》れているのを理由にして、ほとんど話さずに寝《ね》てしまいました。バイトをやめるつもりだと話すのは気が重いし、そんな気力も残っていなかったのです。

ええ、はい。

本当にやめるつもりだったのです。

でも翌朝の学校に行ったとき、ちょっとした異変が起こりました。

「あ……おはよー、中城さん」

先日、満場一致《いっち》で学級委員になった例の女子が、声をかけてきました。普段《ふだん》は挨拶《あいさつ》すらされなくなっていたのですが、下駄《げた》箱の前での間合いというかタイミングというか……たまたま、声をかけないと気まずい感じで顔が合ったのです。

「あ、おはようございます」

なんとなしに答えたのですが、それだけで相手はきょとんとしていました。

二時間目の体育の授業のときは、こんなことがありました。

その体育の先生はよく言えば豪快《ごうかい》、悪く言えばガサツなタイプの人でして、元気のない生徒を好んで指名し、『声が小さい！』と叱りつけたりします。そして萎縮《いしゅく》する生徒の様子をしばし楽しんだあと、さも快活そうに『元気がない！　肉食え、肉！』などとのたまうのです。

はい、椎菜の苦手なタイプです。先週も一度、標的にされました。

「よーし全員そろってるなー！　きょうは短距離走《たんきょり》のタイムを計るぞー！　あー、しまった。ストップウォッチ忘れた！　ええと……おまえ！　そこの小さいの！」

問題の先生が椎菜を指さしました。

「はい」

「教官室行って、取ってきてくれるかな」

「はい。教官室の、どこですか？」

「ん？　あ……ええとだな。そこにいる先生に聞けばいいから」

「わかりました」

ただそう答えて教官室に向かったのですが、なぜか周囲の子たちが怪訝そうな顔をしていました。なにかおかしなことを言ったでしょうか？

ほかにも何度か、似たようなことがありました。

だれかに声をかけられて、椎菜が答えると、相手は決まって意表をつかれたような顔をするのです。

「それはそうでしょう。だってあなた、普通《ふつう》に返事が出来ているもの」

お昼休みに千斗いすず先輩《せんぱい》が言いました。

またどこかでお昼のぼっち飯を食べようとしていたら、教室の前までやってきた先輩が椎菜を誘《さそ》ってきたのです。いまは二人で中庭の花壇《かだん》のそばに腰《こし》かけて、それぞれお弁当をつついています。

調子はどうかと聞かれたので、きょうは周りの様子が変だと答えたところ、先の通りにいすず先輩がおっしゃったのです。

ちなみに可児江先輩は、きょうは学校をお休みしているそうです。なにやらパークの金策だか何だかのために、あちこちを駆《か》け回っているとのことでした（なぜバイトのリーダーがそんなことをするのかは知りませんが）。

いすず先輩のお言葉に、椎菜はぽかんとしてしまいました。

「え……？」

「前はすぐに萎縮して、『あの』と『すいません』しか言わなかったでしょう。でも、さっき誘いに行ったら普通に『はい、では行きましょうか』と。わたしも少し驚いたわ」

「………」

そういえば、そうでした。いすず先輩《せんぱい》はあまり感情を表に出さない人みたいなので、驚いたようには全然見えませんでしたが。あ、ちなみに今後は千斗先輩じゃなくていすず先輩と呼ばせていただきます。その方がかわいいからです。

「モッフルのしごきがひどそうだから、いやになって辞める気じゃないかと思ったの。それで様子を見に誘ったんだけど……」

「そうでしたか。それは……お気遣《きづか》いをさせてしまって申し訳ありませんでした」

「ほら。先週はそんなこと言えなかったわ」

「あ……」

自分でもようやく驚きます。言われてみればそうなのです。

しかしこれはいったい？　わたくし椎菜になにが起きたのでしょうか？

「も……モッフルさんからうかがいました。なんでも、甘ブリの方々は本物の魔法の国からきた妖精だとか」

するといすず先輩は、小さく眉根《まゆね》をひそめました。

「もう聞いたのね。まあ……極秘《ごくひ》というほどでもないんだけど」

「ということは、モッフルさんはなにかの魔法を椎菜にかけたのですか？」

「まさか。モッフル卿《きょう》にそんな力はないわ。戦闘力《せんとう》は無駄《むだ》に高いけど……」

「せ、戦闘力……？」

それに『卿』って？　ロードですか？　ロード・モッフルなんですか？

「気にしないで。とにかく、そんな魔法は使えないはずよ」

「では、では。どうしてあたしが、こんな普通に……普通にしゃべれているんですか!?」

「さあ……」

小首を傾《かし》げて、いすず先輩はご自分の卵焼きをぱくりと召《め》し上がりました。思慮《しりょ》深げだけど、ちょっとかわいい仕草です。素敵《すてき》です。

「たぶん、モッフルのしごきのおかげじゃないかしら。ショック療法《りょうほう》というか……」

「む……」

なるほど確かにごもっともなお話です。

あのモッフルさんにお尻《しり》を叩《たた》かれて、初対面のゲストを相手に七転八倒《ばっとう》した経験を考えれば、学校の人たちとの会話などとても気楽なものに感じます。前は体育の先生がとても怖《こわ》かったのですが、モッフルさんに比べれば猛毒《もうどく》のヒョウモンダコとたこ焼きの具くらいの差があります。わかりにくいたとえですみませんが、そういうことなのです。

さて、椎菜は複雑な気分になりました。

人と普通に接することができるようになったのは、とても嬉《うれ》しいことです。もしこの状態が今後の人生でずっと続いてくれたら、なおのことすばらしいことだと思います。

でも、モッフルさんのおかげだなどとは認めたくありませんでした。

これで涙《なみだ》を流してモッフルさんに感謝して、『椎菜、これからも甘ブリで頑張《がんば》っていきたいです！』などと言えるほど単純な女ではないのです。だってこんなに簡単に効果が出るなんて、変なカルト宗教とかあやしい啓発《けいはつ》セミナーとかにハマるような安っぽい人間みたいじゃないですか！

椎菜は小さい女の子みたいですけど、別に子供というわけではないのです！

「なんだか微妙《びみょう》に不愉快《ふゆかい》そうな様子ね」

椎菜の横顔をじっと観察してから、いすず先輩が言いました。

「え？　あ、あの……あの……すみません」

「戻《もど》った」

「あ……」

いすず先輩は鼻を鳴らして——笑ったのかあきれたのかはわかりませんでした——最後のお弁当のおかずをぱくりと食べました。鶏《とり》の唐揚《からあ》げです。おいしそうです。

「とにかく、勤務の方は続けられそうかしら？」

「え……それは……その……」

椎菜は迷いました。本当はメールかなにかで、いすず先輩に『辞めたい』と伝えるつもりだったのです。いささか度胸がついたとはいえ、ここで面と向かって話す心の準備はできていませんでした。

「あの……あの……すみません。すみま……」

いけません。あっという間に元の自分です。絶望的な気分になります。その気分がまた声を小さくします。負のスパイラルです。

「あ、あの……きょうは……休みに……」

辞めるとは言えませんでした。どうにかこうにか、そうとだけ椎菜は告げました。

「そう。じゃあ伝えておくわ」

いすず先輩はそれ以上なにも言わず、黙々《もくもく》とお弁当を食べ続けました。

モヤモヤがひどくなったので、こういうときはひとりカラオケです。

時間を忘れて歌うことにします。

まずウォーミングアップにボカロ行きます。『マトリョシカ』と『千本桜』。それから『セツナトリップ』。

五、六曲歌うと、いい感じに喉《のど》が温まってまいりました。

アニソンに入ります。わたくしの最近のお気に入り『優しさの理由』を熱唱します。続いて『SWINGING』と、『南風』。どれもいい曲です。さらに何曲か流してから、『THE REAL FORK BLUES』を歌います。カウボーイ・ビバップのエンディングです。ブルースですが、実は演歌です。だがそこがいいのです。

だったら次は演歌にしましょう。

『北酒場』と『みちのくひとり旅』を歌ってたら、なぜか今度は洋楽っぽい気分になってきました。理由は椎菜にもわかりません。

いきますか、洋楽。

英語の歌詞でも、好きな曲なら歌えます。中二病的な理由ではなく、お父さんのCDを聞いてたら覚えてしまったのです。おかげで英語の成績は微妙にいいです。

まずニルヴァーナいきます。定番で『Smells Like Teen Spirit』です。どんよりした気分の時にいい曲です。下がってます、下がってます、でも上がってます！　という感じのヤケクソ気味な名曲です。

上がったので、何曲かそういう系統を歌います。いい感じです。

ソウルの帝王《ていおう》ジェームズ・ブラウンいきます。ただしきょうの椎菜は鬱《うつ》なので（いつもという説もありますが）、クールダウンの意味もあり『IT'S A MAN'S MAN'S MAN'S WORLD』にします。ナッシン、ナッシン、ナッシ――――ンと、拳《こぶし》をきかせてイイ気分です。

ＪＢ（通はジェームズ・ブラウンをこう呼ぶのです）のおかげで、また高揚《こうよう》してまいりました。

ＪＢつながりで、『Living in America』入ります。底抜《そこぬ》けに陽気でアホでバブリーな曲です。……人前であれだけ物怖《ものお》じするこの椎菜が、なぜこんな曲で盛り上がれるのでしょうか。不思議です。

でもいまはアメリカ万歳《ばんざい》です。

すごい高速道路！　海岸から海岸まで！

どこにでもいけるよ！

アトランタ！　シカゴ！　ＬＡ！　ワ――――――――オ！

リビン、イナメーリカ！

ってところで椎菜は絶句しました。

「…………………っ!?」

言うまでもなくここはカラオケ屋の個室です。その防音ガラス製のスモーク扉《とびら》の向こうから、三匹《びき》のもふもふした生き物がこちらをのぞき込んでいました。

だれあろう、モッフルさんとマカロンさん、そしてティラミーさんです。

しかめっ面《つら》というか、神妙《しんみょう》というか……そんな感じの不思議な表情で、ガラスに張り付いてこちらを見ています。古いブラウン管のモニター上を、英語の歌詞が流れていきます。

モッフルさんたちは肉球やひづめをクイクイと振《ふ》って、『続きを歌え』とうながしていましたが、椎菜は驚《おどろ》きのあまり凍《こお》り付いて、曲が流れるまま立ち尽《つ》くしていました。

モッフルさんたちはガラスの向こうでため息をつくと、扉を開けて部屋に入ってきました。

「あーあ、やっぱり邪魔《じゃま》しちゃったんだみー。ごめんね？」

と、ティラミーさんが言いました。

「このカラオケ屋、よく来るんだろん。で顔見知りの店員くんがね？　前からすごいうまいお客さんがいるんだよー、って力説してて。いつもは相手にしなかったんだけど……」

と、マカロンさんが言いました。

「それがおまえだったとは、驚いたふも」

と、モッフルさんが言いました。

マカロンさんの話では、その店員さん（いつも会計のとき、わたくしを営業トークでほめてくれた人です）が、椎菜の歌を聴《き》くように強く勧《すす》めてきたのだそうです。『防音扉』とは名ばかりで、このカラオケ屋はけっこう部屋の外に声が漏《も》れます。扉のそばに立っていれば、椎菜の歌声は筒抜《つつぬ》けだったことでしょう。

気づけば、部屋の時計は夜の九時を差しています。

きょうの甘ブリは七時に閉園です。彼らが仕事帰りに、最寄り駅前のこのカラオケ屋に来ることは不自然ではないのでした（いえ、遊園地のマスコットが仕事帰りに地元のカラオケ屋でひと歌い、とかぜんぜん自然ではありませんが）。

「あの、あの、あの……！」

パニックでほとんど涙目になった椎菜を、モッフルさんが『もふっ』と制します。

「きょう休むことはいすずから聞いてたふもよ。まあ、そういう時もある。だから泣くんじゃないふも」

「え、でも……」

「もちろん怒《おこ》ってるふもけどね」

「ひいっ……!?」

あからさまにおびえた椎菜の肩《かた》を、マカロンさんがぽんぽんと優《やさ》しく叩きます。

「大丈夫《だいじょうぶ》だろん。こいつ、なんだかんだいって女の子には絶対手をあげないから。古いタイプの男なんだろん」

「マカロン……」

モッフルさんがイラっとした声でつぶやきます。

「まあいいじゃない。いいもの聴かせてもらったお礼だろん」

「い、いいもの……？」

「きみの歌声だみー。ここのバイトくんの言うとおり、本当にうまいみー。さすがにこのボクも、うっとりしちゃった。今度アラモで一緒《いっしょ》に歌うみー」

「あ、アラモ？」

アラモってなんでしょうか？　なんとなく見覚えというか聞き覚えがあるような……。

「……甘ブリ《うち》の近所のラブホだふも。言っとくふもが、このクソ犬には付いていくなよ」

「ひ、ひどいみー！　ぼくはただ、このロリっ子と親睦《しんぼく》を深めようと……」

『うるせえ（ふも／ろん）』

「みー……」

二匹に言われて、ティラミーはしゅんとしました。

「……とにかく、いいもの聴かせてもらったのは本当だろん。思わぬところに思わぬ才能。

できれば配置替《が》えして、僕の『ミュージックシアター』に来て欲しいくらいだろん」

「は、はあ……」

マカロンさんの言っていることが、椎菜にはよく分かりませんでした。

『いいもの聴いた』？『思わぬ才能』？　なにを言っているのでしょうか？　わたくしがただ、自己満足でうなっていただけの、あの歌のことを言っているのでしょうか？

それはそれで光栄ですが、いくらなんでも買いかぶりではないでしょうか？

苦い記憶《きおく》がよみがえります。

中学時代の修学旅行、その移動中のバスの中で、クラスでも人気者の女の子がアイドルグループの曲を歌いました。みんな大喜びでした。

その直後、くじ引きによって椎菜が歌うことになりました。

泣きたい気分をこらえながら椎菜が歌うと、みんなは黙《だま》り込んでしまいました。だれも、なにも言いませんでした。きっとひどい歌声だったのだと、いままで思っていました。

椎菜の前に歌っていた女の子は、以後ずっと口をきいてくれませんでした。

いまでも、あの出来事をどう受け止めたらいいのかわからずにいます。

「まあいいろん。とりあえず駆《か》けつけ三曲！　えーと、僕はなににしようかな……と」

マカロンさんが勝手にリモコンをいじり始めます。なにをやってるんでしょうか、この人は。

「なんてやってる間に、ボクがいただいたみー！」

「あっ、こいつ……！」

ひそかにもう一台のリモコンをいじっていたティラミーさんが、容赦《ようしゃ》なく『送信』ボタンを押します。たちまち軽快なイントロが始まりました。最近ヒットしたヒーローもの（？）のアニメのオープニング曲です。

「あの、あの……」

「（歌詞）ごきげんようどうかしたんだみー？　顔を見れば一瞬《いっしゅん》でわかるみー！　フーリガン、フーリガァーン！　節操ないでぇーす！」

いい気分で歌いはじめます。もう知りません。

いつのまにか、名ばかりの防音扉は閉じられて、四人でのカラオケに移行しています。予約の終わったマカロンさんはタンバリンを叩《たた》いてます。モッフルさんは難しい顔で選曲してます。

サビに入ってティラミーさんが絶叫《ぜっきょう》します。

「……打ち取りたーい、勝ち越《こ》したーい。つまり阪神《はんしん》ファンがあっちこっち！」

その後は拘束《こうそく》されてカラオケ大会でした。

マカロンさんはのっけからガンダムの『哀《あい》・戦士』を歌って、みんなからひんしゅくを買いました。彼らの常識では、この曲は終盤《しゅうばん》に歌うのが定番なのだそうです。

モッフルさんは全然聴いたことのない洋楽を熱唱してました。アイスTという人の『ボディ・カウント』。ラップとメタルが混じったような、とにかくがなり立てるような曲です。

「ゴー、ワッチュドゥー⁉」

「パッフ・ユー！」

「ゴー、ワッチュドゥー⁉」

「パッフ・ユー！」

なにか攻撃《こうげき》的で下品なことを言っているのは想像がつきますが、椎菜は適当に手拍子《てびょうし》を打っておきます。

二時間以上、モッフルさんたちは飲めや歌えやで盛り上がります。逃《に》げようとするたび、三匹のうちだれかに『逃げるな、歌え！』と付き合わされました。

もうヤケクソです。

椎菜もジョージ・マイケルの『アイ・ウォント・ユア・セックス』とか歌ってみました。八〇年代のエロい曲です。なるべく色っぽく歌ってみます。

「おー、おー！　ガキが背伸《せの》びするんじゃねえふも！」

「なんて歌を！　お父さん許さないろんよ!?」

「やべえ。この幼い声でこの歌詞。アグネスさんに通報するみー！」

みんな大興奮です。盛り上がってます。というか、こいつらただのオヤジです。

曲も進めばお酒も進みます。最後はもう、三匹ともべろんべろんです。

みんなで『銀河旋風《せんぷう》ブライガー』と『亜空大作戦スラングル』を歌って、テンションMAXです。最後は逆転イッパツマンの『嗚呼《ああ》、三冠王《さんかんおう》』を歌ってシメでした。

「うおお……やはり山本正之《やまもとまさゆき》先生は最高だろん。人類の宝だろん」

「気持ち悪いみー。やっすい焼酎《しょうちゅう》なのに飲み過ぎたみー……」

「ほれ、行くふも。ここケチだから追加料金つくふもよ」

奢《おご》らされるのではないかと危惧《きぐ》しましたが、さいわいカラオケ代はモッフルさんたちが出してくれました。

カラオケ屋のビルを出ると、椎菜はおずおずと言いました。

「あの、あの。じゃあ、わたくしはこれで……」

「なに言ってるんだろん!?　これからもっといいところ連れてってやるんだろん！」

「夜はまだまだこれからなんだみー！　……うえっぷ。えろえろえろえろえろえろ……」

ティラミーさんが電柱の後ろに吐《は》いてます。最低です。マカロンさんが椎菜の肩をむん

ずとつかんで、どこかに連れて行こうとします。

「でもでも……あの、モッフルさん？」

モッフルさんに救いを求めます。こわいですけど、この中ではいちばん良識のある人です。きっと直接の上司として、それとなく椎菜を解放してくれることでしょう。

「もっふ……。げふっ」

目がすわってます。あと右手に日本酒のボトル握《にぎ》ってます。ラッパ飲みしてます。

「も、モッフルさん？」

「まあ来い」

「え？」

「まあ来い言ってるふも。ほれ。まあ来い」

「ひっ……あの、あの……」

「まあ来いって。心配すんな、社会勉強だふも！」

「いやあ……!!」

そのまま椎菜は、夜の街へと連行されていきました。

それから二時間後――

『申し訳ありませんでした（ふも／ろん／みー）』

モッフルさんたちが、ガールズバーの裏手の駐車場《ちゆうしや》で、涙目《なみだめ》の椎菜に土下座していました。

いすず先輩《せんぱい》に助けを求めるメールを送ったところ、すぐに駆けつけてきてくれたのです。店のお姉さんたちと恋愛《れんあい》トークで盛り上がる三匹《びき》を射殺してから店の外へと連行。さらに銃《じゆう》を突《つ》きつけて『土下座しなさい』と申し渡《わた》したのでした。

夜の街の薄汚《うすぎたな》い駐車場で土下座する三匹のマスコットたち。無惨《むざん》です。決して子供たちには見せられない光景です。っていうか椎菜も見たくなかったです……！

「ただでさえパワハラやら何やらが問題になりやすいご時世だというのに……。あんな店に未成年を連れこんで、なにをやってるの、あなたたちは？」

いすず先輩の声には、静かな殺気が宿っていました。この人もやっぱりこわいです。

「でも、でも、お酒は飲ませてないみー」

「そうそう。そこら辺はわきまえてるろん」

マカロンさんとティラミーさんが口々に弁明します。実はけっこう『飲むろん？　ほれほれ』だとか言ってきてたのですが、椎菜は黙っておくことにしました。

「……そういう問題じゃないでしょう？　だいたいモッフル卿《きよう》。あなたが付いていながら、どういうことなの？　普段《ふだん》はこういうことはしないはずよ？」

「もっふ……。うーん、すまないふも。ちょっと飲み過ぎたみたい……」

　モッフルさんもばつが悪そうです。なにか奥歯にものの挟《はさ》まったような（いえ、奥歯があるのかどうか知りませんが）、そんな口振《くちぶ》りでもありました。

「まあ、悪かったふも、新入り。帰りなさい。ええと……終電は？」

「あるわけないでしょう？　もう夜中の一時よ？」

「……あー、本当ふも。じゃあタクシー拾って帰ってね。これで足りるふも？」

　どこからともなくお財布《さいふ》を取り出し、千円札を何枚か押しつけてきます。

「え、でも、タクシーなんか乗ったことなくて……」

　椎菜があたふたしていると、いすず先輩がお札を押し返しました。

「歩いて帰れる距離《きょり》よ。わたしが送っていくから」

「そう……そうふも。じゃあ……うーん、頼《たの》むふも」

　酔《よ》いが覚めていないのでしょう。モッフルさんはふらふらとした足取りで、その場を離《はな》れていきました。歩けるかどうかも怪《あや》しいティラミーさんに肩《かた》を貸して、駐車場から去っていきます。

「明日《あした》もライブショーの稽古《けいこ》があるわよ。ちゃんと来られるの？」

「うん、うん。大丈夫《だいじょうぶ》……大丈夫ふも」

「みー……なんかラーメン食べたいみー。トンコツのこってりしたやつ……」

「やめとくろん。ぜってえ吐くから……うえっぷ」

三匹はそのまま行ってしまいました。なぜか腹は立ちません。椎菜はその後ろ姿に、いい知れない哀愁《あいしゅう》のようなものを感じました。

「すまなかったわね。こわかったでしょう？」

「いえ。その……」

いすず先輩にメールで助けを求めた手前、それ以上は言えませんでした。

たしかにこわかったり困ったりはしましたが、いま思うと――

いいえ、やめておきます。

けっきょく、バイトはもう少し続けることにしました。

ただ、いすず先輩の計らいで配置替《が》えがありました。椎菜はモッフルさんの『お菓子《かし》ハウス』からマカロンさんの『ミュージックシアター』に移り、替わりにあの安達映子さんがお菓子ハウスに移ります。

『モッフルとあなたはあまり相性《あいしょう》がよくないみたいだから』

……とはいすず先輩の弁です。

わざわざ気を遣《つか》っていただいたのに、『やめてください』とは言えません。それに、モッフルさんから離れることにホッとしたのも事実です。

新たな上司のマカロンさんは割とテキトーな方で、モッフルさんの時ほどしんどい思いはしませんでした。

椎菜があがり症なことは聞いているらしく、オンステージには出さない方針のようです。裏方であれこれ働くだけですので、どうにか勤まりました。

勤務中、何度かバックステージでモッフルさんにばったり会いました。『調子はどうふも？』と聞かれたので、『ええ、まあ、ぼちぼちです』とか答えておきました。

モッフルさんはそっけなく『あ、そう』とだけ言って、さっさと行ってしまいます。

でもなぜか、その背中は寂《さび》しそうに見えました。いえ、これは椎菜の自意識過剰《かじよう》でしょう。

ちなみに可児江先輩ですが、いまだに椎菜の存在はどうでもいいみたいでした。たまにバックステージですれ違《ちが》うのですが、挨拶《あいさつ》しても『おう』と言うだけです。まあ……これは仕方ありません。なんだかいつも忙《いそが》しいご様子ですし。学校も休みまくっているようです。

職場の方では、アトラクションのリニューアルが行われました。どこから連れてきたのか、モグラさんみたいなマスコット（モグート族というそうです）が大勢やってきて、ほんの数日で改築を終えてしまいました。驚《おどろ》きです。これも魔法《まほう》とかなのでしょうか？（聞けば予算はちゃんとかかるらしいですが……）

そんなこんなで一週間が過ぎました。

あれほどやめようかと悩《なや》んでいたのに、よくもこれほど続いたものです。

ただ、学校の方での生活は、元通りになってしまいました。

挨拶はうまくできませんし、体育の先生に差されてもモゴモゴとしてしまいます。

ほかの会話も似たり寄ったりです。人間、そう簡単に変われるものではないということでしょうか。

バイトへの情熱というか、新鮮味《しんせんみ》も薄《うす》れてきました。

そもそも椎菜は、なんのためにこのパークで働き出したのでしょうか？　自分を変えたかったからのはずなのですが、けっきょく自分はなにも変わっていません。

学校では、たまにいすず先輩が声をかけてくれるだけで、人との会話はほとんどありません。放課後はまっすぐパークに向かって、清掃《せいそう》や荷物運び、商品の在庫チェックなどをするだけの毎日です。

オンステージは平穏《へいおん》でしたが、バックステージはゴールデンウイークの準備で大忙《おおいそが》しでした。リニューアル企画《きかく》と連日の稽古で、キャストの皆《みな》さんはくたくたです。閉園時間の後も、器材の搬入《はんにゅう》やステージのテストなどで日付が変わるまで働いています。

いすず先輩も大変お忙しい様子で、学校を休みがちです。たまに校内で見かけたときも、たいてい居眠《いねむ》りをしています。

でも椎菜はパレードやショーには関係ない部署なので、毎日のルーチンワークをこなすだけでした。

ゲストの前に出て四苦八苦していた最初の二日間の方が、よほど充実《じゅうじつ》していたような気さえします。

もうすぐ五月です。

四月最後の土曜日に、椎菜は朝から出勤しました。一日しっかり働いてから、『やっぱり辞めます』と告げるつもりでした。いすず先輩にもメールをしておきます。『きょうの仕事が終わったら、お話があります』と伝えました。

四月末、ゴールデンウイーク初日です。

その日は朝から大忙しでした。……というか前日の夜から、ゴールデンウイークのイベントの準備で右へ左へ大わらわでした。いろいろなアトラクションがリニューアルオープンしますし、大々的に広告も打ってるみたいです。昼からのショーにはテレビ局の取材も来るそうです。

そんな大変な朝なのに、開園前に『キャストはメープル城前に集合すること』というアナウンスがありました。

メープル城はエントランススクエア（正面広場）に面した大きなお城です。かわいいお城ではなく、ナポレオンの大陸軍《グランダルメ》を全力で迎《むか》え撃《う》ちそうな感じのごっつい城塞《じょうさい》です。

そのお城の前に、大勢のキャストが集まりました。何百人です。椎菜のようなバイトもいれば、きらびやかな衣装《いしょう》の人、マスコットたちもいます。

スピーカーが短くハウリングを起こしました。

『よし、そろったな⁉　時間がないから手短にいくぞ！』

一段高いステージの上からマイクを片手に告げたのは、誰《だれ》あろう可児江先輩でした。金のモールがついた、立派な仕立ての制服を来ています。『支配人代行』という赤い腕章《わんしょう》が、椎菜の位置からも見えました。

支配人代行？　可児江先輩が？　バイトのリーダーとかじゃなかったんですか⁉

『えー、きょうはゴールデンウイーク初日だ！　これがどれくらい大事な日かは、いまさら説明するまでもないな⁉　これからの一週間、どれだけゲストをおもてなしできるかで一年後のパークの運命が決まるといってもいいくらいだ！　準備はいろいろやってきた！　がんばって新聞に広告も打った！　リニューアルも進行中だ！　だが、最後はキャストのがんばりにかかってる！　いいか⁉　おまえらにかかってるんだぞ！』

中にはだらけた感じで聞いている人もいましたが、大半のキャストはまっすぐに可児江先輩を見ていました。とくにマスコット系の――『魔法の国出身』とおぼしき方々の目は真剣《しんけん》でした。

『稽古の成果をきっちり見せろ！　ミスはするな！　誠心誠意、ゲストに接しろ！　仮にもプロならできるはずだ！　できない奴《やつ》はさっさと引っ込め！　このパークには必要ない！』

厳しいお言葉でした。軍隊の指揮官みたいです。あんなすらっとしたイケメンなのに、なぜか妙《みょう》な迫力《はくりょく》があります。すごみがあります。椎菜も思わず身を硬《かた》くしてしまいました。

『だが、いちばん大事なことがある！　これだけは絶対に忘れてはいけない！　いいか⁉　それは――』

みんなが緊張《きんちょう》したところで、先輩はちょっとだけ間をおきました。

それからすまし顔で、こう言いました。

『まず最初に、俺たちが楽しもう』

先輩がそう言ったとたん、パークのみんなに不思議な空気が生まれました。拍子抜《ひょうしぬ》けしたような、納得《なっとく》したような、暖かいムードでした。『そりゃそうだ』とみんなが思ったようでした。そばのだれかが、クスリと笑ったりしていました。

『そういうことだ。……さあ、楽しい仕事の始まりだぞ！　全員、配置についてくれ‼』

みんなが一斉《いっせい》に歓声《かんせい》をあげ、拍手《はくしゅ》したり口笛を吹《ふ》いたりしながら散っていきます。やる気満々です。

「……まったく、大した役者だろん」

そばでマカロンさんがつぶやきました。

「可児江くん、本当は自分がいちばんヒヤヒヤしてるだろうに。一気にみんなのムードを前向きにしちゃったろん」

「あの、あの……可児江先輩はいったい……？」

「パークの救世主だろん」

ミュージックシアターへの道すがら、マカロンさんがいろいろと教えてくれました。

本当なら、このパークが三月に閉鎖《へいさ》されていたこと。

『神託《しんたく》』で可児江先輩が呼ばれ、パークの経営を任されたこと。

奇跡《きせき》がおきて、パークがどうにか存続できたこと。

「みんな彼をからかったり、煙《けむ》たがったりしてるけどね。本当のところは頼《たよ》りにしてるんだろん。なにかを持ってる奴だよ、彼は」

にわかには信じられませんでした。あの、校舎の片隅《かたすみ》でぼっちごはんを食べていた可児江先輩が、このパークでこんな大仕事をしていたなんて。

それに比べて、椎菜ときたら――

いえ、先輩と自分を比べるなどとはおこがましい話です。先輩はいやな人ですが、生まれつき持っているものが違うのです。あの人は何でもできるのでしょう。椎菜には何もありません。

みんなはやる気になっていましたが、椎菜だけはみじめな気分でした。

好天に恵《めぐ》まれたこともあってか、来園者数は上々とのことでした。

椎菜はバックステージで裏方仕事です。開園からしばらくはマカロンさんのミュージックシアター（の地下）で働いていましたが、大ステージに行って雑用を手伝うように指示をされました。

「あの、あの……大ステージ、ですか……？」

「けさ可児江さんがスピーチしたステージよ」

と、椎菜を呼び止めた女性のキャストさんが言いました。ミュースという水の妖精《ようせい》さんです。露出《ろしゅつ》多めですがチャーミングな人です。

「とにかく人手が足りないの。女子の着付けと、器材の搬入と、配線作業と、ええとそれから……とにかくよろしくね！　わたしも出演の準備しなきゃならなくて……！」

どうやらバックステージを走り回って、ヒマそうなキャストを探していたご様子です。椎菜に頼《たの》むと、ミュースさんはさっさと行ってしまいました。

ミュージックシアターのキャストのひとり（モグート族の人です）に持ち場を離《はな》れる旨《むね》を伝えると、そのモグート族さんは『心得たもぐ』と言ってくれました。椎菜は急いで大ステージに向かいます。

そうでした。これからそのステージで、スペシャルライブショー『Ａ（甘ブリ）ファイト開始！　地球に落ちたモッフル』が行われるのです。

このショーこそが、ゴールデンウイークの最大の見せ物です。

パンフレットにはこうあります。

『大型リニューアル第一弾《だん》！

平和なソーサラーズ・ヒルにやってきた暗雲。

大変だ！　夢のエナジーが失われた！　果たして魔法の妖精たちは、子供たちに夢を取り戻《もど》すことができるのか!?

モッフル、マカロン、ティラミーほか、パークの仲間たちが大活躍《かつやく》するよ！

最新の特殊《とくしゅ》効果で贈《おく》る、歌と踊《おど》りの一大絵巻！

（天候により中止になる場合があります。ご了承《りょうしょう》ください）』

……あの酔《よ》っぱらい三匹が、どの面《つら》を下げて子供たちに夢を取り戻すのかは、あえて突《つ》っ込まないでおきましょう。あくまでステージ上でのことですし。

準備で大騒《おおさわ》ぎの大ステージの下まで来ると、ちょうど楽屋のひとつからマカロンさんが出てきました。

なぜかチェックのミニスカートをはいています。上は紺色《こんいろ》のジャケット。女子高生のコスプレでミュージカルに出るつもりなのでしょうか。もこもこの羊さんとはいえ、気持ち悪いです。

もろに顔に出てしまったのでしょう。マカロンさんがいきり立ちました。

「なにその目つき!?　これはスコットランド風の衣装だろん！　女装じゃないろん！」

ああ、なるほど。よく見ればバグパイプを持っています。つい忘れがちですがこの人、音楽の妖精でした。

「それより何しに来たろん？　君の担当はミュージックシアターの方だったはずでしょ」

「いえ、あの……ミュースさんに言われて応援《おうえん》に……」

「あー、そうか！　じゃあドルネルのとこに行って手伝って」

「ドルネル……？」

なんか重機動兵器みたいな名前の人です。極太《ごくぶと》ビームとか打ちそうな。

「このショーのディレクターだよ。調整室にいるはずだろん。急いで、急いで。あと三〇分もないろん！」

言われたとおり調整室に向かいます。たくさんのモニターと制御卓《せいぎょたく》、パソコンや音響《おんきょう》機材などがところ狭《せま》しと設置されている場所でした。

イタチ型の妖精さんと、モグート族の何人かがてんやわんやと騒《さわ》いでいます。

「南エリアのスピーカー、テストは終わったもぐ!?　急ぐもぐ！」

「第五エレベーターで不具合もぐ！　修理班を急行させろ！」

「主砲《しゅほう》、メガ粒子砲《りゅうしほう》！　左翼《さよく》のムサイを狙《ねら》え！」

ミュージカルとはあんまり関係なさそうな声も飛び交《か》ってますが、とにかくお忙《いそが》しい様子です。

「あの、あの、手伝いに来たんですけど……」

声をかけるとイタチ型の妖精さんが振《ふ》り返りました。『DIRECTOR』の腕章つけてます。彼がドルネルさんなのでしょう。

「そうか、じゃあそこのダンボール箱持って『特殊楽屋』に行くねる。場所はえーと、この地図見て！」

「あ、あの……」

椎菜がもたもたしてると、後ろからだれかが入ってきました。可児江先輩です。椎菜のことはガン無視で、ディレクターのドルネルさんに声をかけます。

「どうだ、調子は？」

「おう、大将。ヤバいけど、どうにか間に合いそうだねる。ここで観《み》てくかい？」

「ああ。邪魔《じゃま》なら観客席に行くが……」

「構わんねる。あんたも演出やったんだから。……って、おまえ！　なにぼーっとしてるねる!?　急げ！」

可児江先輩との会話を立ち聞きしていた椎菜を、ドルネルさんがどやしつけます。

「す、すみません……！」

やたら大きなダンボール箱とコピー紙の地図を持って飛び出します。可児江先輩はやっと椎菜の存在に気づいたようで、ひとこと『お？』とだけ言ってました。

ペラペラの地図を頼りに急ぎます。どうも最近、この近辺の地下通路は改築・増築されたらしくて、正式な地図がまだ出来ていないみたいです。

そもそも『特殊楽屋』ってなんでしょうか？　ひときわ深いところにあるみたいなのですが……。

さいわい壁《かべ》に親切な表示があったので（『特殊楽屋はこっちもぐ↓』とか書いてあります）、数分で目的地に到着《とうちゃく》します。『特殊楽屋』と書かれた鉄扉《てっぴ》を開いて入ると、中は大きなホールでした。

ホールの真ん中には、大きな竜《りゅう》がいました。

竜です。ドラゴンです。

ものすごい牙《きば》です。凶悪《きょうあく》な爪《つめ》です。トラックだって真っ二つにしそうです。

その竜の周りで四、五人のキャストが忙しく立ち回っています。ウロコを磨《みが》いたり、大きな筆で蛍光《けいこう》素材をまぶし付けたり。

メイクです。メイクをしてます。

《あー、そこそこ。特にうなじは念入りにお願いしますよ》

ドラゴンさんが言いました。

《私のチャームポイントなんです。昔はこのうなじで、若いメス相手にブイブイいわせたもんです。この魅力《みりよく》で、きょうはゲストの皆様《みなさま》をメロメロにしてご覧にいれますよ》

「わかったから喋《しゃべ》らないで。動いたら手元が狂《くる》うでしょ」

耳が長くてダークエルフっぽい女の人が、ぶつぶつ言いながらドラゴンさんの首を磨いてます（よく見たらメイク用品ではなくカー用品でした）。

《むむ、アーシェさん。あなた、私の話を信じてませんね。本当にモテたんですよ？　エリーザ権田《ごんだ》ってドラゴン知ってますか？　ひところ人気あったアイドルなんですが、私あの子とですね――》

「いいから黙《だま》って。だいたいあなたは悪役でしょう。まったく、なんで経理のわたしまで……」

《ところでそちらのお嬢《じょう》さんは？》

ドラゴンさんが言うと、みなさんが椎菜に注目します。

「なに？　なんの用？」

アーシェさんと呼ばれた人が言いました。

「あ、あの……すみません。ドルネルさん？　ってディレクターの人から、これを持っていけって……」
《これがないと、芝居《しばい》のタイミングが合わせられませんからねえ。昨夜のリハではこれがなくて散々でした》
「間に合うかどうかヒヤヒヤしたわ。特注品のインカムだから……」
《おおー、やっと来ましたね》
　箱を開封《かいふう》すると、中にはスイカくらいありそうなサイズのイヤホンが入っていました。それをドラゴンさんの左耳にズボッと押し込んで、スイッチをいれます。
「テスト、テスト。聞こえる？」
《聞こえます。聞こえ……うわっ⁉》
「どうしたの？　音小さい？」
《ちがっ……逆！　大きい！　うるさ……止めて止めて！》
「危ない！　暴れないで……！」
　自分の声も拾ってしまうようで、さらにドラゴンさんは苦しみもがきます。周りの人たちが逃《に》げまどいます。椎菜は這《は》うようにして部屋を出ました。
「わ、渡《わた》しましたからね⁉　失礼します‼」
　騒ぎに背を向けて逃げ出します。

このパークに来てから、たいていのことには驚《おどろ》かなくなっていましたが、さすがにドラゴンさんにはたまげました。どうやらあのドラゴンさんも本物みたいです。しかもショーでゲストの前に出す気みたいです。ずいぶんと思い切ったことをします。心配です。

調整室に戻ったら、ちょうど可児江さんがその話をしていました。

「出し惜《お》しみはなしだ。前からあの竜——ルブルムの使い道を考えてたんだが、どうせだったら堂々と見せてしまえばいいと思ってな……」

「とはいえ思い切ったねえ、大将。でもルブやんを特殊効果と言い張るのは、さすがに苦しいと思うけど」

「なに、『詳《くわ》しくは企業《きぎょう》秘密』で済ますさ。その方が憶測《おくそく》を呼ぶから話題にもなる。どんどんゲストに撮影《さつえい》させて、ネットに流してもらおう」

可児江先輩《せんぱい》が口の端《はし》をつり上げます。悪党の笑顔《えがお》です。でもちょっとゾクッとするカッコ良さがあります。くやしいです。

そばのモニターには、監視《かんし》カメラからのステージ前の様子が映っています。ゲストの方々が大勢います。すごい数です。一〇〇人や二〇〇人どころじゃありません。たぶん一〇〇〇人以上はいます。それが今も増えていきます。

「あの……運んできましたけど」

「お、戻ったねる？　じゃあ次、そこにまとまってるケーブル、一五番倉庫に持っていって」

ドルネルさんはそれだけ言って、すぐに制御卓の操作に戻ります。可児江先輩はといえば、またもやわたくしを見て『おっ』と言っただけでした。屈辱《くつじょく》です。

言われたとおり、配線ケーブル（?）を一五番倉庫まで持っていきます。どうやら不要なケーブルを片づけたいだけだったみたいです。完全に雑用です。わたくしがわざわざ応援に来る必要があったのでしょうか？　しかし文句は言いません。

開演時間まであと五分くらいです。

倉庫までの道すがらでは、ショーの開幕に備えたキャストのみなさんをあちこちで見ました。すでに混乱は収まり、いまではショーの前の緊張《きんちょう》と静寂《せいじゃく》があたりを支配しています。

地上のステージへと続くエレベーターのそばに、きらびやかな衣装を着た女の人たちがいます。みんな緊張でカチコチです。あのミュースさんもいます。しきりにブラの位置を直してます。

その奥の別のエレベーターでは、マカロンさんが手元の写真に向かってなにかを語りかけています。ご家族の写真でしょうか？　その横ではお花で着飾《きかざ》ったティラミーさんが、柱に寄りかかって居眠《いねむ》りしています。降下作戦中のヒックス伍長《ごちょう》みたいです。意外に剛胆《ごうたん》な人です。

モッフルさんはいません。主役ですから、たぶんここからは見えない別の場所で待機中なのでしょう。

『開演三分前よ。各部署は最終報告を調整室へ』

バックステージ向けのアナウンスが流れました。いすず先輩の声です。あちこちのキャストが各自の無線で『準備よし』の報告をしています。オンステージで流れるBGMと、ゲストのざわめきが遠くから聞こえます。やけに大きく聞こえます。

なんだか、椎菜まで緊張してきました。どきどきします。

おそらく倉庫から戻《もど》ってくるころには、ショーは始まり、大いに盛り上がっているのでしょう。そう思いながら、大量のケーブルの束を倉庫にしまって、調整室へと向かいました。

でも、様子が変です。

倉庫からの帰り道でも、キャストの皆《みな》さんは待機中のままでした。そわそわして、しきりに壁《かべ》の時計を見ています。開演開始時刻から、もう五分が過ぎています。

いすず先輩のアナウンスが流れました。硬《かた》い声です。

『音響機器にトラブルよ。現在対応中。そのまま待機して』

調整室に戻ると、ドルネルさんたちがあちこちに怒鳴《どな》り散らしていました。トラブルの原因がわからず、顔面蒼白《そうはく》で冷《ひ》や汗《あせ》びっしり。どこかと交信しながら何度も制御卓をいじっています。

後ろから聞いていた様子では、ステージのメインスピーカー群が作動しないようでした。音楽も効果音も、キャストのセリフも流せないということです。これでは迫力《はくりょく》がありませんし、なによりお話の意味もわかりません。

「どういうことねる⁉　けさのテストではちゃんと作動したはずなのに！」

「わからないぴー。なにしろ突貫《とっかん》工事だったから、どんな弾《はず》みでなにが起きるか……」

「いま配線のチェックを総出でやってるもぐ」

「どれくらいかかる？」

「一〇分、いや……二〇分はかかるらしいもぐ」

「そんな……！　ゲストは二〇分も待ってくれないねる！　あきれて帰っちゃうよ！」

どうやら想像以上に深刻な事態みたいです。調整室に戻ってきた椎菜は、皆さんに声をかけることもできません。

可児江先輩は部屋の奥に腰《こし》かけたまま無言でいます。ドルネルさんたちを罵《ののし》ったりはしません。ただ厳しい表情で、沈黙《ちんもく》を保っています。本当ならあわてて叫《さけ》びまくって、部屋の中を行ったり来たりしたい気持ちのはずです。

でも、ぐっとこらえて座っています。

椎菜はこういう横顔も、前に見たことがありました。

ずっと前、お父さんの職場におにぎりを届けにいったことがあります。大きな水害があって、長い待機でなかなか帰って来られないお父さんと同僚《どうりょう》の人たちのために、お母さんと一緒《いっしょ》にちょっとだけおじゃましたのです。無線機の前に座って、連絡《れんらく》を待っているお父さんの横顔がちょうどあんな感じでした。

椎菜に気づいたお父さんは、すぐに優《やさ》しい顔に戻りました。

あいにく可児江先輩は、椎菜に気づいてもぜんぜん優しい顔にはなりませんでした。

「なんだ、いたのか」

それだけ言って、またむっつりと黙り込みます。仕方ないので、椎菜は部屋の片隅《かたすみ》に突《つ》っ立って様子を見守っていました。できることなどなにもありませんけど……。

トラブルの原因はなかなか判明しません。

一分、また一分と時間が過ぎていきます。

モニターに映るゲストの様子が、だんだん騒々《そうぞう》しくなってきています。退屈《たいくつ》しているのでしょう。苛立《いらだ》っているのでしょう。泣き出す子供を必死になだめている親御《おやご》さんの姿もあります。

いすず先輩が何度も園内アナウンスで『現在調整中です。もうしばらくお待ちください』と告げています。でも始まりません。これはまずいです。

その場を離《はな》れていくゲストも出てきました。

「どんな調子ふも？」

真っ白なコック服・コック帽《ぼう》に赤いマフラーのモッフルさんが、調整室に入ってきました。

業《ごう》を煮《に》やして様子を見に来たのでしょう。でもモッフルさんも声を荒《あら》げたりはしません。むしろリラックスした声で、ドルネルさんたちの作業を邪魔《じゃま》しないように気を遣《つか》っています。

「まだかかりそうだ。新型のアンプに原因があるようなんだが……」

「ぼくが先に出ようか？　すこしは時間が稼《かせ》げると思うふも」

なるほど、モッフルさんはその相談をしに来たようです。むやみに持ち場を離れたわけではないのはさすがでした。

でも、可児江先輩は首を横に振《ふ》りました。

「……いや、だめだ。マカロンたちがさんざん盛り上げて、そこでいよいよ主役登場の予定なんだ。前座でおまえが出たら構成がグダグダになる」

「それはわかるふも。でもこのままでは……ヤバいよ」

「ああ。いっそ千斗に小咄《こばなし》でもやってもらうか？　いちおうアナウンス用の回線は生きている」

可児江先輩が軽口を叩《たた》きます。でもその声は乾《かわ》いています。

「笑えない冗談《じょうだん》ふも」

「まあな。あいつじゃウケはとれないだろうし。歌でも唄《うた》った方がマシなくらいだ」

それきり黙《だま》り込みます。それなりにしっかりしたこのお二人が、沈黙するしかないのです。もう、これは打つ手がないということなのでしょう。

しばらくしてから、モッフルさんがため息をつきました。

「歌ねえ……。いや……もっふ」

ちらりと、大きな瞳《ひとみ》がこちらを見ました。最初からわたくしの存在には気づいていたのでしょうが、いまではなにかを吟味《ぎんみ》するように、より慎重《しんちょう》な視線でわたくしをじっと見つめています。

ややあって、モッフルさんが言いました。

「おい、新入り」

「は、はい」

「アナウンス席に行って、ちょっと歌って欲しいふも」

椎菜はもちろんですが、可児江先輩やドルネルさんたちも呆気《あっけ》にとられていました。

「え……？　あ、あの……？」

ようやく声を絞《しぼ》り出します。でもモッフルさんは平然と言ってきました。

「お客さん、退屈してるふも。間がもたないから、ちょっと行って歌ってきて」

なにを言ってるのでしょうか、この人は。

意味がわかりません。

わたくし椎菜に？　ええと……？　あの大勢のゲストの前で？

「なにもステージで歌えとは言ってないふも」

モッフルさんが続けました。

「すぐとなりの部屋。いすずがアナウンスやってるから、そこ行って好きな歌を頼《たの》むふも。大丈夫《だいじょうぶ》、お客さん喜ぶから」

椎菜の脳裏《のうり》にたくさんの——とてもたくさんの言葉がよぎります。

ふざけないでくださいなにを言ってるんですかこの変なげっ歯類は椎菜に死ねと言ってるんですねそうですねわかりましたよ死にますよあんなたくさんの人の前で歌うくらいなら椎菜は死を選びますっていうか冗談ですよねそうですよねお願いですから冗談だと言ってくださいそうじゃないと椎菜この場でもらしてしまいそうですっていうかややゆるみました逃《に》げます逃げてもいいですよねこれは正当な権利だと思うのですだって不当な要求ですからだいたい椎菜の歌でお客様が喜ぶわけないじゃないですか引きます普《ふ》通《つう》に引きますドン引きです国営放送の素人《しろうと》のど自慢《じまん》じゃないんですから笑って許してなんてもらえませんしカーンと鐘《かね》が鳴っておしまいというわけにもいかないじゃないですかみんなのブーイングにさらされた椎菜の心のケアをどうしてくれるのですかどうせ知らん顔でしょたかが時給八五〇円のためになぜそこまでしなきゃならないのですかひどいですあなた妖精《ようせい》じゃないですよ鬼《おに》ですか天魔《てんま》ですか天魔覆滅《ふくめつ》ですか影《かげ》の軍団ですかとにかく断固お断りしますよええまっぴらごめんですそこまでする義理なんてこれっぽっちもありません勝手にわやくちゃになってくださいそもそもこのトラブルは椎菜のせいではまったくないんですから知りません知りません知りません――

「モッフル。お前は何を言ってるんだ？」

熱暴走一歩手前の椎菜をそっちのけに、可児江先輩《せんぱい》が言いました。

「ただのバイトを歌わせる？　パークの命運がかかったショーだぞ？　前座にしたってもう少しまともな人間を用意するもんだろうが。それこそ千斗が歌った方がマシなくらいだ。ものすごく気が進まないが、俺が歌ってもいい。実は俺は歌わせてもプロはだしだ。……いやとにかく、いくらなんでも――」

「たとえ西也でも、この中城椎菜に比べれば素人のど自慢だふも」

モッフルさんがきっぱりと言いました。

驚《おどろ》きました。なによりも、この人がわたくしのフルネームを覚えていたのが驚きでした。

一方、さすがに可児江先輩もカチンときたようです。

「なんだと？　おまえな……！」

「あー、西也をバカにしたわけじゃない。こいつがすごいと言ってるふも。まあぼくもこういう畑で長いことやってるけどね。こいつレベルは滅多《めった》にいないよ。フルパワーの時の安定感と情感。努力で身につかないものを持ってるふも。極度のビビりであがり症だけど、本物だよ」

「こいつが……？」

えらく失礼な物言いですが、ごもっともな疑念でもあります。椎菜は無言でした。

「もっふ。こないだカラオケ屋で聞いたふも。ぼくは本気だよ。でも支配人代行は西也だからね。これ以上は言えないふも」

モッフルさんはそれきり沈黙します。時計の秒針が進みます。可児江先輩はかつてない注意深い目で、わたくしを観察します。どこかに逃げたくなるような目つきです。

ようやく可児江先輩が言いました。

「いや、やっぱり駄目《だめ》だ」

「西也……！」

「おまえの話が本当だとしても、駄目だ。逃げている奴《やつ》には任せられない。土壇場《どたんば》でも心が折れないこと。その強さが、こいつにはまったく感じられない。ビビりまくってる」

「む……」

「この畑が長いと言ったな？　だったらわかるはずだ。モノになる奴の共通点は、巧《うま》いことじゃない、強いことだ。どれだけ追いつめられても、台本の次の一行に進めることだ。たとえ観客すべてに総スカンを食らっても、前に進めること。こいつにそれがあるか？　ないだろう。だから駄目だ」

「もっふ……」

可児江先輩の言葉に、あのモッフルさんも反論できない様子でした。

一方の椎菜はどうかと言いますと――

生まれて初めて感じたような怒《いか》りで、身を焦《こ》がさんばかりでした。

ガタガタと震《ふる》えて逃げ出そうとしていたはずなのに。いまの椎菜は違《ちが》いました。

学校のあのぼっちスペースで、もそもそとぼっち飯を食べていたようなこの人。わたくし椎菜を、ほとんどあってなきがごとく扱《あつか》ってきたこの人。イケメンでなんでもできる、すべてを持ってる多才なこの人。カッコいいなと思っていた、この人。

その可児江先輩が、さも知ったようにこの椎菜を云々《うんぬん》しているのです。

これほど傲慢《ごうまん》で、人をなめきったことがあるでしょうか？　椎菜ですら、この扱いには我慢《がまん》できませんでした。

あなたに椎菜の、なにがわかるのですか？

ほとんど話したこともなく、いま、こうしてじっと見つめただけで。複雑な人間である椎菜のことを、とるに足らない負け犬と断定ですか？

冗談ではありません。許せません。

そう。

屈辱《くつじょく》です。

だったら、どうすべきでしょうか？　この傲慢な先輩に、目にもの見せるためには？

「――歌います」

いつの間にか、椎菜はそう告げていました。

「なに？」

「歌います。別にビビってませんし、あなたに人間性をあれこれ言われる覚えもありません。歌えばあなたがギャフンというんなら、歌わせてもらいますよ。つまり、はい。本気です」

「いや、だが、おまえ……」

「時間がないんでしょう？　あたし、やりますから。止めても無駄《むだ》です。そこでふんぞり返って見ていてください」

押し殺した声で言うと、椎菜は部屋を出て行きました。

後にして思えば、普通の精神状態ではなかったのだと思います。

高校生になっての新生活がうまくいかない鬱屈《うっくつ》や、パークで出会った方々から受けた驚き。現実と魔法《まほう》がごちゃ混ぜになったような、この妙《みょう》な空間。それらすべてが渾然《こんぜん》一体となって、思いも寄らない形で噴出《ふんしゅつ》してきたのではないでしょうか。

「本気なの？」

アナウンス室のいすず先輩が言いました。椎菜と一緒《いっしょ》に来たモッフルさんから事情を聞いて、目を丸くしています。

「本気も本気、大マジふも。そうだろ、新入り？」

「はい。大マジです」

きっと、どんよりとした目だったと思います。椎菜は即答《そくとう》しました。

「やらせてください」

いすず先輩はそれ以上文句を言いませんでした。ただモッフルさんを注意深く見つめ、ふざけているわけではないことを察して、短くうなずきました。

「わかったわ。でも曲はどうするの？　ここはカラオケじゃないから、なんでもそろえられるわけじゃないわよ」

「いまある曲でいいです。このパークの……そう、『ブリリアントなこのパーク』でお願いします」

「……あの曲を？」

その曲は、この甘城ブリリアントパークで頻繁《ひんぱん》に流れているテーマソングでした。八〇年代の作曲だそうです。内容はこんな感じです。

すばらしい、すばらしい。すばらしい、このパーク。

でっかくなるよ、このパーク。

日々の労働楽しいな。どんなお客が来るのだろう。強く優《やさ》しいこのパーク。

ああ、すばらしい甘城ブリリアントパーク。みんな幸せこのパーク。


ざっくりいえば、こんな感じの内容です。作詞家は廃業《はいぎょう》した方がいいと思います。

あとメロディは、なぜかロシア国歌みたいな勇壮《ゆうそう》な感じです。その歌詞もあいまって、全体主義国家のプロパガンダ的な趣《おもむき》を漂《ただよ》わせています。

まあ正直、曲なんてなんでもいいのです。

歌ってやろうじゃありませんか。

ぶっちゃけ、ヤケクソです。椎菜のでたらめな歌でゲストが滅茶苦茶《めちゃくちゃ》に怒《おこ》って、暴動が発生したところで知ったことではありません。

ええ、そうです。どいつもこいつも、死んでしまえ！

……くらいの気分でした。

そうでもないと、こんな真似《まね》はできなかったことでしょう。

「流すわ」

いすず先輩が機材を操作します。たちまち園内のスピーカーがうなり、ファンファーレのような前奏が始まります。長い前奏です。その間にいすず先輩がマイクに向かって喋《しゃべ》ります。

「大変、お待たせしております。スペシャルライブショーはもうすぐ始まります。それまでのお楽しみに、当パークのテーマソング『ブリリアントなこのパーク』をお聴《き》きください」

「工夫《くふう》もなにもないアナウンスふもね……」

「うるさい。……来るわよ、椎菜さん」

はい。

椎菜は前奏の間、しきりに咳払《せきばら》いしていました。

このアナウンス席は、ステージを見下ろすメープル城の中腹に位置します。正面の窓は偏光《へんこう》ガラスになっていて、ステージ前に集《つど》うゲストの方々を見渡《みわた》すことができます。退屈《たいくつ》したり席を離《はな》れたりで、ゲストの方々はざわついていますが、依然《いぜん》として大変な人数でした。

いまでも一〇〇〇人以上はいます。ものすごい数です。

大きなビデオカメラを担《かつ》いだ人もいます。あれはテレビ局の取材でしょう。

この人たちの前で、歌う？

今更《いまさら》ながら、自分のしでかしたことに戦慄《せんりつ》しました。

泣きそうです。足が震えます。謝って逃《に》げ出したいです。

……でもそのとき、すぐそばに立つモッフルさんがこう言いました。

「歌うふも。親父《おやじ》さんが聞いてると思って」

とたんに頭が真っ白になりました。

なぜモッフルさんが、お父さんのことを知っているのかは分かりません。

でもそのひとことで胸の奥がカッと熱くなって、逃げたい気持ちが消え失《う》せました。

もう聞くことのできないお父さんの声と、モッフルさんの声とが重なり、背中を押してくれました。これまで封《ふう》じ込めていたたくさんの感情がない交ぜになって、行きどころを探し求めました。

「っ……」

最初はちょっとつかえました。だけどなにかを吐《は》き出すように、強くはげしい悲鳴のように、言葉が喉《のど》からあふれだしました。

すばらしい、すばらしい。すばらしい、このパーク。

冗談《じょうだん》ではありません。このパークは、ちっともすばらしくありません。なんでみんな、こんな場所でわいわいしたり、必死になったりしてるんでしょうか。馬鹿《ばか》じゃないでしょうか。

だけど椎菜は歌い続けました。

唇《くちびる》がなめらかに動きます。喉が滑《すべ》るようです。空気の分子の振動《しんどう》までわかるような感じです。

ぼっちカラオケでいちばん調子がいい時よりも、さらにいい気分です。

椎菜は歌い続けます。

千斗先輩《せんぱい》が唖然《あぜん》としています。モッフルさんは真面目《まじめ》な顔でぴくりとも動きません。

会場のゲストの方々は、しんと静まりかえっています。

ぎゅっと目を閉じ、拳《こぶし》を握《にぎ》り、長く、長く、歌声を絞《しぼ》り出します。

ああ、すばらしい甘城ブリリアントパーク。みんな幸せこのパーク。

歌が終わると、まばらな拍手《はくしゅ》がおきました。

拍手はどんどん大きくなります。最初は意味が分かりませんでした。でも数秒もするうちに、大きな大きな、とても大きな拍手になりました。口笛や歓声《かんせい》も聞こえます。

ゲストの皆《みな》さんは、なにに喜んでいるのでしょうか？　いえ、普通《ふつう》に考えれば、これはやっぱりひょっとして——

「うそ……でしょ？」

いすず先輩がつぶやきました。

「もっふ。これは一本とられたね……」

モッフルさんが言いました。満足そうな声です。

「この歌の後にステージやるのは、なかなか大変そうだふも」

それから何曲か歌わされました。

無我夢中だったので、よく覚えていません。とにかくゲストの皆さんは喜んでくださり、そうしている間に音響《おんきょう》機材の準備も整いました。

モッフルさんは歌の途中《とちゅう》で、椎菜の肩《かた》を叩《たた》いて持ち場に戻《もど》っていきました。

「大変長らくお待たせいたしました。これよりスペシャルライブショー『A（甘ブリ）ファイト開始！　地球に落ちたモッフル』を開演いたします」

と、いすず先輩がアナウンスします。

たちまちメインステージでＢＧＭが流れ、紙吹雪《かみふぶき》が舞《ま》い散ります。マカロンさんやティラミーさん、その他大勢のキャストが次々に現れて、飛んだり跳《は》ねたり、踊《おど》ったり歌ったりを始めます。

夢いっぱいのソーサラーズ・ヒル。
歌やお花やなんやかや。楽しいことがいっぱいだよ！
あれ？　でもなにか足りなくない？
そうだよ、お菓子《かし》だ！　お菓子がない！
みんなで呼ぼう、モッフルを！　お菓子の妖精《ようせい》、モッフルを！

……ってところでモッフルさんの登場です。ひときわ派手な花火と共にステージ奥の高台から現れ、トランポリンでジャンプします。空中で一回転、着地と同時にダンサーたちと踊りまくります。さすがというかなんというか、動きのキレが違《ちが》います。ただの着ぐるみには成し得ない技《わざ》です。
曲の途中でむせかえって奥に引っ込もうとして、背中にタオルをかけられて、一転復活、また歌って踊ります。なぜそこでＪＢのパクリをするのか謎《なぞ》ですが、とにかくステージは盛り上がります。

椎菜は虚脱状態《きょだつ》で、そのステージの様子を眺《なが》めていました。

「椎菜さん」

「はい？」

いすず先輩が立ち上がって、ぎゅっと椎菜を抱《だ》きしめてきました。

「あ、あの……⁉」

「ありがとう。助かったわ。本当にありがとう」

立派な胸にぎゅーっと顔を押しつけられているので、いすず先輩の顔は見えませんでした。でも心なしか、その声はうわずっているようでした。

「みんな必死に準備してきたの。それがあと少しで台無しになるところだったわ。あなたはみんなの恩人よ」

椎菜は何も言えませんでした。

悪者のドラゴンさんが出てきたときは、その迫力《はくりょく》に泣き出す子までいたようですが、とにかくショーは無事に終了《しゅうりょう》しました。

夕方の公演はトラブルなしで済みましたし、観客の数は倍にまで膨《ふく》れ上がりました。

閉園後は、社員食堂《エーエム》で打ち上げ会です。ディレクターを務めたドルネルさんが、みんなにねぎらいの言葉をかけて、乾杯《かんぱい》の音頭をとります。

マカロンさんやティラミーさんが、大きな瞳《ひとみ》を輝《かがや》かせて言ってきました。

「ふっ……負けたろん。きょうからお前が音楽の妖精だよ……」

いえ、けっこうです。

「本当に驚《おどろ》いたみー！　やっぱり今度、アラモで一緒《いっしょ》に歌おうよ！」

いえ、お断りします。

ほかにもいろんな方々から感謝されました。握手《あくしゅ》を求められたり、肩を抱かれたり、もみくちゃ状態でした。

ただただ、困惑《こんわく》です。

椎菜はそんな立派な人間ではありませんし、それほどすごいことをしたわけではありません。ただ何曲か歌って、間をもたせただけです。恥《は》ずかしくて仕方ありませんでした。

同期で入った安達映子さんや伴藤美衣乃さんもやってきて、あれこれ賞賛してくれました。これは素直《すなお》に嬉《うれ》しかったです。友達になれたらいいのですが。

すこし遅《おく》れて、可児江先輩が社員食堂にやってきました。

椎菜と顔を合わせるのは、あの調整室以来です。ものすごく気まずそうな顔をしています。悔《くや》しいようなばつが悪いような、なんとも複雑な表情です。

いい気分です！

「あの……どうも」

「なんだその顔。この俺に一泡《ひとあわ》吹《ふ》かせて、いい気味だとでも思ってるんだろう」

「ぎくうっ……」

「図星か。っていうか本当に『ぎくうっ』と言う奴《やつ》、初めてみたぞ」

「す、すみません……」

可児江先輩はふっとため息をつきました。

「まあ、いい。その……なんだ。すまなかったな。大したもんだ。驚いたし感心した。あと感謝している。以上だ」

「……ぜんぜん心がこもってませんね」

「う……うるさい。こういうのは苦手なんだ。もういいな？　とにかくきょうはチヤホヤされとけ！」

そう言って可児江先輩は立ち去ろうとしましたが、その前にこう言いました。

「ああ、そうだ中城」

「は、はい？」

初めて名前を呼ばれました。びっくりです。

「おまえのCD出すことにしたから。ショップで売るぞ。練習しとけ」

「ええ⁉　ちょ……⁉　な、なにを……」

椎菜の承諾《しょうだく》とか、一切《いっさい》なしです。一方的に告げて、先輩はさっさと行ってしまいました。

食堂の片隅《かたすみ》にいたいすず先輩に声をかけ、あれこれ受け答えしています。会話は聞こえませんが、いすず先輩はなんとなく嬉しそうです。これっぽっちも笑顔《えがお》ではないのですが、なぜかそう感じました。

やっぱりお二人は親密な間柄《あいだがら》なんでしょうか？　どうも気になります。

いえ、こんな風にジロジロ見ていては失礼です。椎菜はオレンジジュースのおかわりが欲《ほ》しかったので、ドリンクバーに向かいました。

「もふ？」

ちょうどそのドリンクバーに、モッフルさんがいました。こちらもきょうの事件から話していませんでした。

「あの。どうも」

「うん。おつかれふも」

それきり無言で、モッフルさんはウーロン茶を自分のジョッキに注ぎます。明日《あした》以降の公演もあるので、きょうの打ち上げはアルコールなしなのです。

椎菜は思い切って言いました。

「あの、モッフルさん。きょうはありがとうございました」

「もっふ？　なにが？」

「いえ……あの時、お父さんのことを……」

「ああ。それね」

モッフルさんがうなずきました。

「ちょっとテラスに来るふも」

モッフルさんが食堂のテラスに向かいます。テラスとはいってますが、狭《せま》いし古いし、どちらかというとベランダと呼んだ方が正しい感じの場所です。実質、喫煙《きつえん》所です。

表に出ると、モッフルさんはどこからともなくタバコを取り出しました。いつものホープです。

「ひとつ謝っておかねばならないふも」

と、モッフルさんは言いました。火をつけ、深々とタバコを吸い込み、夜闇《よやみ》に紫煙《しえん》をくゆらせます。

「実はぼく、おまえの親父《おやじ》さんのこと知ってるふも」

「…………」

そうだろうとは思っていました。そうでなければ、あの時にお父さんのことを口に出すとは思えません。でも、なぜ？

「亡《な》くなってもう五年か。……いや、そう大した関係じゃないふも。よくいくバーで、飲み友達だったんだよ」

「飲み友達……ですか？」

「うん。甘城駅の商店街のはずれにあった狭い店でね。そこで顔見知りだったふも。まあ……月に一度、顔を合わせるくらいだったんだけど。なぜか気があって、よく話したふも」

もちろん初耳でした。

お父さんはそんなにお酒飲みというわけでもありませんでしたし、外で飲んでくることもそう多くはなかったはずです。でも確かに、月に一度くらいはどこかで道草して、ちょっと酩酊《めいてい》して帰ってくることがあったような気がします。椎菜は寝《ね》てしまっているので、酔《よ》ったお父さんと話したことはほとんどありませんが。

「それでまあ……おまえのことも聞いてたふも。娘《むすめ》の人見知りを心配してたよ。なんだったかな……学芸会のお芝居《しばい》で緊張《きんちょう》しちゃって、セリフが言えなくて固まってて……そこで、親父さんがね」

「はい。……声援《せいえん》を送ってくれました」

四年生の学芸会の時です。お父さんが声を張り上げたんです。体育館に響《ひび》くような大声で、『がんばれ、椎菜！』と。みんなびっくりしてました。椎菜はセリフがひとつしかない脇役《わきやく》で、『森のウサギC』だったんですが。

「おかげで……セリフが言えました」

「うん。そう聞いてるふも。酔ってても控《ひか》えめな人だったんだけどね。すごく嬉しそうに、その話をしてたよ。いまでも覚えてるふも」

「そう……だったんですか……」

ずんぐりしたお菓子《かし》の妖精《ようせい》とお父さんが、バーカウンターで並んで話している構図は奇《き》妙《みょう》でした。いえ、甘ブリの皆《みな》さんは『ララパッチのおまもり』というアイテムのおかげで、外でも一般《いっぱん》人のように過ごせるそうですから、お父さんは普通《ふつう》の大人の男性と話しているつもりだったんでしょう。

「おまえの写真も見せてもらってたふも。……当時は小学生だったんだろうけど、いまと大して変わらないねえ」

大きなお世話です。

「……そのあと、何ヶ月も顔を見せなくてね。変だな、と思ってたら店のマスターが教えてくれたふも。同僚《どうりょう》の人が来て、中城さんは殉職《じゅんしょく》されたと」

「……はい」

すこし視界がにじみました。もう慣れてるはずなんですけど。

「葬式《そうしき》も行けなかったし、わざわざご家族に挨拶《あいさつ》するような間柄でもないふも。悪かったけど、ひとりでお墓参りして終わりにしたよ」

「そうだったんですか……」

「偶然《ぐうぜん》とはいえ、おまえが来たのには何かの運命を感じたふも。いや、それこそ女神《めがみ》リーブラのお導きか……」

モッフルさんは備え付けの灰皿でタバコをもみ消しました。

「話は以上ふも。それじゃあね」

「あ、あの……待ってください」

食堂に戻《もど》ろうとするモッフルさんを、わたくしは呼び止めました。

「なにふも？」

「ひょっとして……モッフルさんは……」

聞いていいのかどうか、迷いました。でも聞かずにはいられませんでした。

「その……お父さんのことを知ってたから、椎菜に厳しくしてたんですか……？」

モッフルさんはすこし黙《だま》ってこちらを見ていましたが、やがて背を向け、言いました。

「ばかばかしい。ぼくはそこまでおこがましい男じゃないふも。おまえがドジだから怒《おこ》ってただけだよ」

「そ、そうですよね……」

やっぱり聞くんじゃありませんでした。恥《は》ずかしいです。

「でもまあ……きょうはほっとしたふも」

「え？」

モッフルさんは答えずにさっさと行ってしまいました。

ああいうひねくれた人ですから、本心はわかりません。でもその一言で、椎菜はすこしだけ救われたような気がしました。

たぶん、モッフルさんは本当はすごく慎《つつし》み深い人なんだと思います。

食堂に戻ると、いすず先輩《せんぱい》が近づいてきました。

「椎菜さん」

「あ……はい」

「けさメールで、話があると言ってたわね？　なんとなく想像はつくけど……」

「あ……」

すっかり忘れていました。

椎菜は今朝、きょう限りでこのパークを辞《や》めるつもりだったのです。それをいすず先輩に伝えるはずだったのですが——

「初日から、あなたがここ《パーク》でぎくしゃくしていたのは知っているわ。可児江くんやモッフルはあの通りだけど……わたしは無理強《むりじ》いできないと思ってる」

「はい……」

「このまま続けても、いいことばかりじゃないわ。むしろいやなことばかり。だけど……」

いすず先輩は言葉を切りました。

先輩はなにかを予感しているのでしょうか？　躊躇《ちゅうちょ》しています。迷っています。

「いえ。やめておきましょう。わたしがどうこう言うのは違《ちが》うだろうし」

「…………」

「とにかく聞くわ。どうするつもり？」

歌ってほめられて、いい気分になったのは事実です。

でも大事なのは、そういうことではないのです。わたしはこの数週間で、学校では出会えない『おとなの人たち』と接しました。

立派でもなく、正しくもなく、問題だらけで、だけど必死にドタバタしている人たち。

もうちょっと、この人たちとドタバタしていたいと思いました。

「勝手なことばかり言ってすみません」

椎菜は言いました。

「でも、できればこれからも――」

それから続く椎菜の言葉を聞いて、いすず先輩はすこしだけほほえみ、明日の出勤時間を告げてから、こう言って去っていきました。

「じゃあ、これからもよろしく」

はい。

よろしくお願いします。

魔法《まほう》のアプリ

　通常営業日のある夕方、いすずが地下の業務用通路を歩いていると、水の妖精ミュースが後ろから声をかけてきた。

「いすずさん、いすずさん！　面白《おもしろ》いアプリを見つけたんですよ！」

「アプリ？」

「ほら、これです。『まほ☆かめ』第一弾《だん》、『激撮《げきさつ》！　トゥルーショット』というんですけど。カメラアプリでして……」

　ミュースがスマホを差し出してくる。

「なんだか、いかがわしいタイトルね……」

「それは仕方ないです。メープルランドの小さなソフトハウスが作ったアプリですから。なるべくタイトルで目立たなければならないんですよ、きっと」

「そういうものなの？」

「ええ。それで、このアプリはですね？　撮影《さつえい》した相手の『人間の姿』を表示できる魔法のカメラなんです。たとえば……おっ、ちょうどよかった」

　地下通路の角の向こうを、ワニピーがぶらりと通りかかる。その名の通り、ワニを二頭身にしたような姿のマスコットだ。もちろん着ぐるみではなく、中の人はいない。

「このアプリで、ワニピーさんを撮《と》ります」

　あくびをしているワニピーをパシャリと撮影。彼は気付かず、向こうに行ってしまった。

　若干《じゃっかん》の処理時間のあと、画像が表示される。

　ひょろりとしたフツメンの男が、あくびをしている姿だった。髪型《かみがた》はなぜかリーゼント。八〇年代ぽいスタジャンを着て、下はダメージ入りのジーンズ。靴《くつ》はワニ革のブーツだった。

「これがワニピーなの？」

「そういうことになりますね。このアプリによれば、ですけど……」

「さすがに鵜《う》呑《の》みにはできないわね……」

　魔法のアプリだからといって、なんでも信用できるわけではない。中にはインチキなものもけっこうあるのだ。

「ちなみに元から人間の姿だと、効果がないみたいです。このアプリであたしを撮ります
と……」

ミュースがパシャリと自分を撮る。画像は普通の写真と変わりなかった。

「この通りです。うちの家は人間の姿が多いもので……。あ、でも弟は妖精の方ですよ?」

魔法の国の住人たちの姿には、大別して二種類がある。いすずやミュースのように地上人と変わらない姿の者と、いまのワニピーのような妖精の姿をした者だ。生まれつき決まっているわけではなく、子供のころは両方の姿を移ろっていることが多い。家の方針や周囲の環境《かんきょう》、個人の嗜好《しこう》などによって、思春期を過ぎたころにはおおむねどちらかの姿に決まってくるのが普通だった。

総じて、男は妖精の姿、女は人間の姿を選ぶことが多い。

大人になっても、わりと簡単な条件でもう片方の姿にも戻れるため、どちらの姿だからといって差別されたりすることはない。髪型を思い切り変えてイメチェンするくらいのニュアンスなのである。

ただし、姿を変更《へんこう》するのはけっこうお金がかかる上、一週間くらい体調を崩《くず》すことが多い。健康にも美容にもよくないとされているので、気軽にコロコロと姿を変える者はあまりいない。

「……あくまで、『人間の姿のみ』なのね」

「そういうことになります。そこでいすずさん、一緒《いっしょ》にいろんなキャストを撮りにいきませんか⁉」

「なぜわたしを付き合わせるの？」

「いえ、なんとなく。一人で見るより、だれかと見た方が楽しいからです」

しれっとミュースは言ってのけた。

まあ、こちらもいまはそれほど忙《いそが》しくない。息抜《いきぬ》きのつもりで彼女につきあってもいいだろう。

「………。まあいいわ。行きましょうか」

そういうわけで、二人は大したあてもなく地下通路をうろついてみた。

総務部のレンチくんが通りかかった。ペンキや木材を山ほど積んだ台車を押して、ワイルド・バレー方面に向かおうとしている。

「レンチさーん。ちょっと一枚」

「んー？」

パシャリと撮影。レンチくんは『何やってるんだか、うちの小娘《こむすめ》どもは……』とつぶやきながら、さっさと行ってしまった。

「正直、レンチくんの人間の姿なんて想像がつかないわ……」

「そうですか？　あ……出ました、出ました」

そこには角刈《かくが》り、ねじりはちまきの職人さんが写っていた。歳《とし》は四〇～五〇歳くらいだろうか。小柄《こがら》だが引き締《し》まった体つき。日焼けしたたくましい腕《うで》に、ランニングのシャツ。下半身はだぶだぶのニッカボッカに地下足袋《じかたび》だった。

「なるほど……確かに、こんな感じかもしれないわね」

「渋《しぶ》い！　渋いですねー、レンチさん。次、行きましょう」

次に事務棟《とう》ビルの方に歩いていくと、イタチ型マスコットのドルネルに出会った。小脇《こわき》にはタブレットPC。企画《きかく》会議の帰り道らしく、疲《つか》れた様子である。

「ドルネルさん。一枚いいですか？」

「あー……？　なんだねる……。つかバックステージは撮影禁止じゃなかった？」

「いいからいいから」

パシャリと一枚。

「まあいいけど……。あー、腹減ったねる」

撮った写真は見もしないで、ドルネルは行ってしまった。

「さてさて、どんな感じですかね？　えーと……うっ」

表示された画像を見て、ミュースはしばし絶句した。いすずも思わず『むっ……』となり声をあげてしまう。

青白い顔でメタボ、髪《かみ》はぼさぼさの三〇男が写っていた。服装はチノパンとチェックのシャツ。たっぷりとお肉のついた顎《あご》には無精ひげ。疲れた目をしていることもあって、ちょっとドン引きするような容貌《ようぼう》だった。

「確かに……ドルネルはつい最近まで、地下に一〇年近く引きこもっていたから……」

「不健康の申し子みたいな姿ですね……」

「これ、むしろ彼に見せた方がいいんじゃないかしら？　すこしはスナック菓子《がし》を控《ひか》える気になるかも……」

「や、やめときましょうよ……！　絶対落ち込みますから……！」

「でも……」

「とにかく次行きましょう、次！」

事務棟ビルに入ってみると、入り口で広報部長のトリケンに出会った。きょうの仕事は終わって、これから帰るところのようだった。

「帰るの？」

「おおう、いすずさん。それにミュースさんも。……いえ、外回りのあと直帰します。二件ほどスポンサー候補があるので」

「トリケンさん、写真撮ってもいいですか？」

「おっ、それは前かがみですねえ。一緒に写りますか？　できればムギューっとハグしたようなのがいいんですが」

「いえ、一人だけで」

「あ、そう……」

パシャリと撮影。画像処理中にミューズが『見てみます？』と言ったが、トリケンは時計を見てあわてだした。

「あー、もうすぐバスが来ます。今度見せてください。ではでは……！」

トリケンが走り去るのとほとんど同時に画像処理が終了《しゅうりょう》する。

「どれどれ……」

表示されたのは、メガネの営業マン風の男だった。中肉中背。安物スーツだが手入れはしっかりしている。穏和《おんわ》な笑《え》みを浮《う》かべ、なぜか『ろくろを回す』手つきをしていた。ビジネス雑誌の写真とかでよく見かけるようなポーズだ。

「これはこれでうさんくさいわね……」

「でもなんか、イメージ通りですね。さて、お次は……どこに行きましょう？」

「いまの時間だと、事務棟にはあまりいないわね。可児江《かにえ》くんは地上人だし……。やっぱりソーサラーズヒルかしら？」

「ええ」

そういうわけで、二人はソーサラーズヒルに移動した。

まず発見したのはティラミーである。表回りが終わって、ちょうどバックステージに戻《もど》ってきたところのようだった。

「みー！　みー！　いすずちゃんにミュースちゃん！　聞いて聞いて！　さっきお客さんにね、すっごいエロい感じのお姉さんがいたみー！　それで一緒にいるオッサンがぜんぜん風采《ふうさい》あがらなくてね？　たぶんキャバ嬢《じょう》とその太客なんじゃないかと思うんだみー！」

まくし立てるティラミーの話は総スルーして、勝手にパシャリと一枚。

「なに、なに？　ボクのブロマイドでも欲《ほ》しいんだみー？　えへへ、困ったなあ……」

「いえ、別に……」

「もう用は済んだから。さっさとどこかに行ってちょうだい」

二人で冷たく『しっ、しっ』と手を振《ふ》る。

「えー、なにそれ？　つれないみー。なにか面白いことしてるんなら――」

「ティラミーさーん！」

そこでティラミーのアシスタントの伴藤美衣乃《ばんどうびいの》が、奥から声をかけてきた。

「すいません、プレミアムパスのゲストが、まだ写真撮ってなかったそうです！　もう一度オンにお願いします！」

「あ――……。これだみー。ちょっと行ってくるみー」

ため息をついて、ティラミーはオンステージに戻っていく。

「……あの空気の読めなさ加減。きっとかなりウザい顔だと思います」

「だらしない顔なのは間違《まちが》いないでしょうね。あれでさっきのドルネルみたいだったら、悪夢だわ」

「うわー、やめてください、それ最悪……！」

画像処理が完了《かんりょう》。写真が表示される。

そこに写っていたのは――

「うわっ……うそっ⁉」

「え……？　ば……ちょ……」

そこに写っていたのは、ブロンド髪の超《ちょう》イケメンだった。

歳は二〇代半ば。いたずらっぽいグリーンの瞳《ひとみ》。ほっそりとしたモデル体型で、シンプルな黒いシャツとカーゴパンツがまた決まっている。そしてVネックの襟《えり》からのぞく、鎖《さ》骨《こつ》まわりの色っぽさときたら！

その美男子が、人懐《ひとなつ》っこい笑顔でこちらに話しかけてきている写真だった。

二人して『うわっ……私の年収……低すぎ？』の顔と手になってしまう。

「え、なに？　故障？　故障よね？」

「ヤバいです……！　ザック・エフロンとかそっち系？　超好みです。えー……ちょっとー……。それ、困るんですけど……」

なにが困るのだろうか、この娘《むすめ》は。

「しっかりしなさい。たぶん……なにかの間違いよ。次に行きましょう、次に」

「は、はい……故障ですよね、ええ……」

動揺《どうよう》を抑《おさ》えながら、二人は移動する。

ミュージックシアターの裏までくると、そこでマカロンに会った。ちょうど小ステージが終わったところのようだ。きょうの演目はブルース系だったらしく、ハーモニカを片手にげんなりとしている。

「おお……。いすずにミュース。きょうはちょっと熱入っちゃったろん。疲れたなあ。ビール飲みたい。買ってきて」

「まだ就業中でしょう？　終わってからにしなさい」

「ろん……。そう言わずにさ……一本くらい、飲んだうちに入らないろん。頼《たの》むよー」

「だめですってば、もう……」

「ちぇっ、ケチだろん」

そう言いながら、マルボロをくわえて火をつける。責任者でもあるマカロンの独断で、このエリアは喫煙《きつえん》ＯＫになっていた。

「ぷっはー。うまいろん」

くつろぐマカロンをパシャリと撮影《さつえい》。

（きっとオヤジね……）

（ええ。オヤジですね。しかも加齢臭《かれいしゅう》の漂《ただよ》う感じの……）

ささやきあっていると、マカロンがちらりとこちらを見た。

「なに？　どうしたろん？」

「いえ、なんでも……」

画像処理が完了。

そこに写っていたのは、渋い美形のおじさまだった。

「うそっ!?」

「えええええ……!?」

三〇代半ばくらいか。人生の苦みが入ってきていて、むしろそれがいい風合いになっている。

やはり細身で手足は長い。黒髪《くろかみ》がはらりと前に垂れ、ちょっとワルっぽい雰囲気《ふんいき》を醸《かも》している。清潔感のある白いワイシャツ。シンプルだが上品なスラックス。銀のネックレスとハーモニカが、薄暗闇《うすくらやみ》の中でにぶく光っている。

演奏後の気だるげな感じで、ぼんやりと紫煙《しえん》をくゆらせている感じがまた、なんともいえない色気があって――

「なーに騒《さわ》いでるろん。用が無いならほっといてよ……」

肉眼で見るマカロンは、いつもの通りのもこもこ羊だ。写真のちょいワルオヤジとは似ても似つかない。

「あ、はい？　そ、そうですね！　失礼しました！」

「ゆ……ゆっくり休んでてちょうだい。それじゃ……」

二人は地下通路に戻ってから、スマホをあらためてまじまじと見つめた。

「なんなの？　この……玄人《くろうと》好みのミュージシャンみたいなたたずまいは？」

「ヤバいです……。超好みなんですけど……えー。そんなー。……ホント、困るんですけど……」

だから、なにが困るというのか、この娘は。というかさっきも超好みと言っていたような気が。

「さすがに……こ、これは故障だと思うけど」

「そ、そうですよね……でも……うーん……」

二人で難しい顔をしていると、そこで後ろから声をかけられた。

「いすずにミュース。そんなところで何してるふも？」

「ひゃっ⁉」

ぎくりとして振り返ると、モッフルがいた。

手にはメープルキッチンのコロッケと、ペットボトルの黒ウーロン。

「も、モッフルさん……」

「二人とも顔色が悪いふも。なんか衝撃《しょうげき》画像でも見てたの？」

ある意味そうだとは言える。とはいえなんなのだ、この勘《かん》の良さは。

「いえ……ちょっと。女だけの話題よ。気にしないで」

「ふーん……そう。そういえば西也《せいや》はどこいるふも？」

「たぶん……事務棟《じむとう》よ。いつもの執務室《しつむ》」

「了解《りょうかい》ふも。じゃあ」

「あの、モッフルさん！」

歩き出したモッフルを、ミュースが呼び止めた。

「ふも？　なにか？」

「ええと……あの、ですね。ちょっと……みんなの写真を集めてまして。モッフルさんも一枚、撮《と》らせて欲しいかなー……と」

「ここバックステージでしょ？　写真禁止ふもよ」

「いえ、年末の謝恩会で使う予定なんです！　悪用とかありませんから！　お願いします！」

とっさによくそんな口実が出てくるものだ、といすずは感心した。とはいえ、否定しない自分も大概《たいがい》ではあるのだが。

「もっふ……まあ、いいけど。このままでいいふも？」

「はい！　では……」

パシャリと撮影。

「もういいふも？　じゃあ行くね」

もきゅもきゅとモッフルは行ってしまう。アプリが画像処理を進めるのを、二人は固唾《かたず》をのんで見守った。

「……どうして撮るの？　故障だという結論のはずよ？」

「だ、だって！　ここまで来たら撮るのが普通《ふつう》じゃないですか⁉」

「まあ、わかるけど……」

「どうしましょう。これでモッフルさんまでイケメンだったら……」

「いえ、きっとバランスをとって、今度はブサイク顔かもしれないわ」

「ブサイクとまではいかないまでも、さっきのレンチくんくらいのムードだと安心できます」

「確かに、ドルネルみたいなのは勘弁《かんべん》だけど……」

　画像処理が完了し、表示された。

「うわああああああ」

「あああああああああ」

　二人は同時にのけぞった。

　ぶっちゃけ、『●ード・オブ・ザ・リング』の●ラゴルンがそこにいた。

　長身。屈強《くっきょう》。茶色がかったロン毛の黒髪。うっすらと陰影《いんえい》を刻むあごひげ。彫《ほ》りの深い顔立ちで、目は切れ長で、鋭《するど》く、強い意志を秘《ひ》めている。服装は年季の入ったアウトドア系だ。

　その超かっこいいおじさまが、黒ウーロンとコロッケを片手にむっつりとしていた。

「これは……でも……いくらなんでも……」

「あの……これホントに……超好みっていうか、ホントに直球どストライクなんですけど……やばいです。困ります。嘘《うそ》ですよね？　これ嘘……んぐっ……」

鼻血を押さえてミュースは悶絶《もんぜつ》した。床《ゆか》にボタボタと血痕《けっこん》が刻まれる。

「故障よ。やっぱりこれは絶対に故障だわ」

「そ、そんなのわからないじゃないですか⁉　ああ……こ、これが本当だったら……大変なことですよ⁉」

「た、確かに……職場の人間関係が崩壊《ほうかい》するかもしれないわ」

おもに女子を中心に。それは大変マズいことだ。

「け……検証しましょう」

わなわなと震《ふる》える脚《あし》に力をこめて、いすずは言った。

「もう一度、モッフルたちを撮影するのよ。それで違《ちが》う外見なら、ただのインチキアプリということで済むわ」

「な、なるほど……それもそうですね」

モッフルはもう行ってしまったので、すぐそばのステージ裏でだらけているマカロンを撮ることにした。

戻《もど》ってみると、マカロンはまだ同じ場所でパイプ椅子《いす》に腰《こし》かけ、ぐったりとしていた。

「ろーん……？　なに？」

構わずスマホを用意。

「よし、撮りましょう」

「はい……！」

そこでミュースが固まった。毎度の『パシャリ』がない。彼女の目は画面に釘付《くぎづ》けになっている。

「どうしたの？」

「い、いすずさん。それが……」

ミュースが半泣きで画面を見せてきた。

《『まほ☆かめ』プロのご案内
このたびは『まほ☆かめ』（体験版）をご利用いただきありがとうございます。
ただいまご使用中のアプリは体験版のため、規定の枚数（八枚）でご使用できなくなります。アプリを無制限にご利用いただくには、『まほ☆かめ』プロをご購入《こうにゅう》ください。》
有償《ゆうしょう》版を買えと言うのか？　この……悪党め！

歯噛《はが》みしながら、有償版のダウンロードサイトに接続する。

「なっ……」

価格はなんと、四八〇〇円だった。

「四八〇〇円とか……！　高すぎます！」

「ありえない。ありえないわ……」

血涙《けつるい》を流しかねないほどの怒《いか》りが、二人を包み込んだ。

「な、なんか……怖《こわ》い雰囲気ろんね……。おーい？　お二人さん？」

マカロンはしばらく手を振《ふ》ったりしていたが、二人の女子がぎりぎりと歯ぎしりして立ち尽《つ》くしている様に気圧《けお》され、そそくさとその場を去ってしまった。

その後も二人はむっつりとスマホの『四八〇〇円』を眺《なが》めながら苦悩《くのう》し続けた。

閉園時間が過ぎたころ、二人はやっと『いすずのスマホに体験版を入れて、それで撮影をすれば解決』ということに気付いた。

「……それで、やります？」

「ええ。いえ。……む。どうしたものか……」

そのころには二人もすこしは冷静になっていた。

いすずのスマホの体験版で撮影《さつえい》をして、真実を知ったとして……その真実に正気でいられるか、二人とも確信が持てなかった。なにか大事なあれこれを失ってしまいそうな恐《おそ》ろしさすら感じていた。

さらに長いこと悩《なや》んだ末に——

「……やめておきましょう」

「……そうですね」

なにもパンドラの箱をあけることはない。曖昧《あいまい》なことは曖昧なままに。

互《たが》いにそう言い含《ふく》めて、二人は画像の内容を忘れることにした。

まあいすずのスマホ内には、いまだに『体験版』へのリンク先が保存してはあるのだが。

出席日数が足りない！

「ねえ、可児江《かにえ》くん。先生は本当に君のことを心配して言ってるのよ？」

南校舎の進路指導室で、担任の此池教諭《このいけきょうゆ》が言った。

「四月の君の出席日数。一〇日よ、一〇日。半分近く休んでるでしょ？　体調不良とか親族の不幸とか、いろいろ事情があるのは聞いてるけどね？　だからといって、これは限度を超《こ》えていると思うのよ。クラスのみんなにも溶《と》け込めてないみたいだし、このままでは単位も危《あや》ういでしょ。そろそろ教えてくれない？　君がそんなに休みがちな本当の理由を……」

可児江西也《せいや》は内心ではげしく苛立《いらだ》っていた。

ダメ遊園地の経営を任されて、動員数を例年の数倍にする工夫《くふう》で四苦八苦しているのだ。とにかく忙《いそが》しい。こうやって進路指導室なんぞで、凡庸《ぼんよう》きわまりない教師の心配顔に付き合っている時間が、ひどく惜《お》しい。

本来なら、西也はこの教師に言ってやりたかった。

（うるさい、おまえの知ったことか。俺はだな、おまえごとき下っ端《したっぱ》公務員では失禁して泣き出しそうな問題と必死に戦っている最中なのだ。数百人を食わせにゃならんのだ。そこで偽善面《ぎぜんづら》を浮《う》かべて、永遠にハラハラしていろ。バカめ！）

ああ、言いたい。ものすごく言いたい。

だがさすがに、西也も教師相手にそこまで言わないくらいの分別は備えていた。

「……すみません、先生」

憂《うれ》いを秘めた声で、西也は言った。

「だけど僕は、嘘をついているわけではないのです。心身共に優《すぐ》れないことが多くて……」

ふうっと、深いため息。

ああ、いまのよかったな。会心の演技だ。重すぎず軽すぎず、ちょうどいい感じだった。

これならこの女も、ギャアギャアわめかず、このイケメンの俺様に同情的な気持ちで『そうだったの、ごめんなさい』だのと言ってくるはずだ。

事実、此池教諭はこう言った、

「そうだったの……ごめんなさいね、可児江くん」

「いえ……」

よし。それでいいぞ、地方公務員よ。これ以上俺を煩《わずら》わせるな。

だが彼女は、さらに付け加えた。

「……でも、出席日数だけは何とかして。じゃないと、留年よ?」

「いえ、そこをですね、なんとか……」

「なんともならないの」

「………」

「出席しなさい。いいわね?」


「おつかれさま、可児江くん」

進路指導室から解放されたとたん、秘書にして同級生の千斗《せんと》いすずが言ってきた。廊下《ろうか》で待っていたのだ。

「ではさっそく、きょうのスケジュールよ。一七時から宣伝会議。一八時から稽古《けいこ》の立ち会い。その間のどこかに、一八時までのメールの返信を済ませて。それで一八三〇時から演出の会議。そのあと一九〇〇時からは……」

「やめてくれ。死にたい気分になってきた」

うるさそうに手を振り、西也は言った。

「スケジュールに死ぬ予定はないわ」

いすずの声はあくまで事務的だった。もうすこし愛想《あいそ》のいい感じで喋《しゃべ》ってくれたっていいんじゃないのかなあ、と思わないでもなかったが、これはかりはどうにもならない。こいつはこういう女なのだ。

「とにかくパークへ。詳細《しょうさい》は車の中で説明するわ」

いすずは西也の手を引いて、大股《おおまた》で玄関《げんかん》へと急ぐ。ほかの生徒に見られたら、また鬱陶《うっとう》しい噂《うわさ》を立てられそうなので、すぐに彼女の手を乱暴に振り払《はら》った。

小走りしながら、いすずをちらりとみる。特に傷ついた様子はないようだった。

「やっぱりわからん……」

「なにが？」

「うるさい。急ぐぞ」

玄関を出て学校の裏手に来ると、パークの社用車が待っていた。すこしでも時間を有効活用するために、いすずが用意させたのだ。ここ最近、自転車通勤のほかにもこの社用車を使うことが増えている。

社用車。

これがベンツの高級セダンとかだったら気持ちも引き締《し》まるのだが、あいにく待っていたのはダイハツの軽自動車だった。運転手は広報部長兼《けん》雑用のトリケン。しかも運転が下手だ。ブレーキとアクセルが乱暴でイライラするし、酔《よ》ってくる。

大昔の子役時代は、それこそベンツやレクサスで都内を移動しまくったものなのだが。

まあいい。隣《となり》に座るのがお袋《ふくろ》じゃないのなら、どんな車でも大歓迎《だいかんげい》だ。

「それで？　先生の話はなんだったの？」

移動中の車内でスケジュールの説明を終えたあと、いすずが尋《たず》ねてきた。

「予想通りだ。出席日数の件でウダウダ言われた」

「……確かに、このペースで休むとあなたは一学期のうちに留年が確定するわね」

スマホでスケジュール表を確認《かくにん》しながら、いすずが言った。

「それも言われたよ」

「結果が分かっているのなら、休学するのも手かもしれないわ。そうすれば明日《あした》から執務《しつむ》に専念できるでしょうし」

「血も涙《なみだ》もない物言いだな……」

そう言いながらも、西也はたいして腹を立てていない自分に気づいた。

いすずの言うとおりかもしれない。

どうせ学校なんて、たいして楽しいこともないのだし。ぼっちだし。休み時間が苦痛だし。授業もまったく面白《おもしろ》くないし。

「だが休学はやだな」

「どうして？」

「復学しなきゃならんから」

「なるほど」

一度休学したら、もうあの校舎に通う気持ちはゼロになってしまいそうだ。なんの愛着もない学校で、一年下の生徒たちと一緒《いっしょ》に机を並べるなんて、普通《ふつう》の神経だったら無理である。

「いっそ退学するかな……。パークの経営が落ち着いたら、高認を取るんだ。この俺の頭脳ならそう難しいことではないだろうし」

「高校生活に行き詰《づ》まった人の言いそうなことね。実は高認は難しいのよ？」

「ダメ遊園地に三〇〇万人呼ぶよりは簡単だ」

「………………」

いすずが黙《だま》り込んだ。西也としてはただの冗談《じょうだん》のつもりだったのが、彼女は責められているように感じたのだろう。おまえらのせいで、俺の人生は滅茶苦茶《めちゃくちゃ》になりかけてるぞ、と。

「あー、……さすがにそれは極論かと、このトリケン、愚考《ぐこう》しますが」

それまで黙って運転していたトリケンが言った。

「いえ、退学についてです。さすがに可児江さんにそこまで求めるほど、われわれは厚かましくありませんよ」

ほほう。フォローのつもりか。トリケンのくせにやるではないか。

「それにいつまでも、可児江さんのお力に頼《たよ》ってばかりはいられません。われわれだって必死なのです。ええ、はい。可児江さんが安心して学びやに通えるよう、このトリケンも粉骨砕身《さいしん》する覚悟《かくご》ですので、どうかいましばらくのご辛抱《しんぼう》を……」

ああ、やっぱりダメだ。

黙っていようかとも思ったし、これはこいつなりの親切心なのだから受け入れようとも思ったが、広報部長がそれでは困るので、やはり言うことにした。

「あのな……いいか？『がんばります』では済まないから困っているのだ。トリケンよ。まさかここで俺が『そうか、頼《たの》んだぞ！』とかさわやかに笑うとでも思っているのか？おまえの甘い幻想《げんそう》通り、粉骨砕身の結果どうにかなるとでも思っているのか？」

「ええ、それはもう――」

「なるか、バカめ！お前らはまったく無駄《むだ》なことに粉骨砕身して、パークも文字通り砕《くだ》け散るんだ！　勤勉なバカほどたちの悪いものはない。コンクリート粉砕機に飛び込んで、身も心もバラバラになってしまえ！」

「むっ……。それはあまりにひどいお言葉です。このトリケン、決して勤勉ではありませんぞ。つまり怠《なま》け者のバカなのでご心配無用です」

「ますます任せられんではないか！　……あー、もういい。前を見てきっちり運転してろ、この変な爬虫類《はちゆうるい》め！」

「むっ……変な爬虫類とはなんですか？　そもそも恐竜《きようりゆう》というのはですね、最近の学説では鳥類に近いものとされていて……」

「わかったから運転を……っていうかいま信号、赤で渡《わた》っただろ!?」

けっこう大きめの交差点を、パークの社用車は信号無視で突《つ》っ切っていた。下手したら大事故だ。

「え？　うおおん、すみません。このトリケン、前方不注意で前かがみです」

西也は真剣《しんけん》に原付の免許《めんきよ》を取ろうかと思った。こいつの運転でパークに通うくらいなら、学校の近所にバイクを隠《かく》しておいて、それで通った方がよほど安全だ。

「でも、もし本当に退学をお考えなら……」

ちょっとだけ慎重《しんちよう》な運転になってから、トリケンが言った。

「まずはラティファ様にご相談すべきかと。何にしても、あのお方がパークの最高責任者です。可児江さんが今後どうするかについても、雇用主《こようぬし》であるラティファ様に無断では決められないでしょうし……」

「なんだいきなり。もっともらしいことを……」

まあ、言いたいことはわかるが。

「わたしも同意見よ」

と、いすずが言った。

「厳しい決断を強《し》いるのは心苦しいけど、まずは姫殿下《ひめでんか》に話してみるべきだわ」

「それは絶対に認められません……！」

いつものメープル城。その空中庭園で、甘ブリの最高責任者であるラティファ・フルーランザはきっぱりと言った。

普段《ふだん》のほんわかした優しい雰囲気《ふんいき》はどこへやら。きりっとした厳しい口振《くちぶ》りである。もし彼女が光を失っていなかったら、さぞや鋭《するど》い眼光で西也を睨《にら》みすえていたことだろう。

時間は日付が変わるころだ。

一日のあれこれが終わったあと、こうして就寝《しゅうしん》前の彼女を訪《おとず》れたのだが、ちょっと聞くなりこの態度である。

ちなみにここには西也とラティファしかいない。いすずは抜《ぬ》きだ。魔法《まほう》の国メープルランドの王女としての威厳《いげん》を無理に示す必要はないのだが、それでも彼女の態度はいかめしい。

要するに、これは彼女にとって妥協《だきょう》できない問題だということなのだろう。

「いまのわたしにいなって、あなたに神託《しんたく》が下ったと聞いたとき、わたしはあなたに絶対無理をさせないようにしようと誓《ちか》いました。そのお方の生活を壊《こわ》してしまうなら、いっそこのパークが残念なことになるのもやむを得ない……そう思っていました。どうしてだとお思いですか？」

「いや……よく……わからんのだが……」

西也はもごもごと口ごもった。

どういうわけだか、この少女の前では傲岸不遜《ごうがんふそん》な俺様モードができないのだ。

「わたしたちの無能のために、そのお方を巻き込んでしまったら……それこそわたしたちには、夢を集める資格がないからです。だれかの幸せを、だれかの不幸であがなうことは決して許されません。それだけは……その大原則だけは動かせません。ですから……もし……可児江さまが学校をおやめになるというなら、わたくしはあなたの支配人代行職を解きます」

　そう言いながら、彼女の声はうわずってきている。

「もちろん本意ではありません。わたしはあなたを頼りにしています。でも、でも……」

　ラティファはほとんど泣き出しそうだ。

「だからと……いって……あなたの人生を……」

「あー、わかった。落ち着いてくれ」

　西也はなだめるように彼女の肩《かた》を軽く叩《たた》いた。普通ならジェスチャーで済ませるところだが、あいにく彼女にこちらの仕草は見えない。自然と距離《きょり》が近くなってしまう。

「人生なんて、大げさな。たかが高校だぞ？　どうとでもなる」

「でも可児江さま……わたし……わたしは……」

「ちょっと相談してみただけだ。なにもそこまで深刻にならなくてもいいだろうが」

「ですけど……ですけど……」

「だから思い詰《つ》めるな。そういう方法もあるけどどうかなー、と言ってみただけだ」

　するとラティファは西也の胸にほっそりした手をあて、うつむき加減でつぶやいた。

「……やめませんか？」

「うん。やめん」

「本当ですか？　本当にやめませんか？」

「やめないって。だから心配するな」

西也は彼女の指をぎゅっと握《にぎ》りしめたい衝動《しょうどう》に駆《か》られた。すべらかで細い指だ。この指の持ち主が、本気で自分の幸せを願っているのだとしたら、その想《おも》いをおろそかにするわけにはいかないだろう。

まあ、高校＝幸せというわけでは全然ないのだが。だとしても彼女を心配させたくない。

「……わかりました」

やっと落ち着いた様子で、ラティファは言った。

「すみません。わたしが心配するだけでも、あなたにはご負担になっているのだとは思います」

「ふん。許容範囲《はんい》の負担だ」

「ありがとうございます」

彼女はすこし寂《さび》しそうに笑った。

「そう言ってくださる可児江さまは、やっぱり素敵《すてき》だと思います」

「……なんだそれは。からかうのはよせ」

「からかってなどいません。感じるままに言っただけです。可児江さまは、素敵です」

「やめてくれ」

鬱陶《うっとう》しそうに言ったが、その演技はたぶん失敗していた。ラティファはまったく傷ついたそぶりもみせず、くすくすと笑っていたからだ。

「もう行く。あしたも忙《いそが》しいんだ」

「はい」

いたたまれなくなって、西也はさっさと空中庭園を後にした。


その翌日――

「可児江くん、喜ぶろん！　きみの出席日数問題が解決するろん！」

執務《しつむ》室でノーパソとにらめっこしていると、いきなりマカロンが入ってきた。もこもこの羊さん型マスコットで、バツイチの音楽の妖精《ようせい》である。いまはなぜか津軽三味線《つがるじゃみせん》を手にしていた。

「ノックくらいしろ。……っていうか秘書はどうした、秘書は。勝手に通しおって……」

「いすずちゃんなら朝のゴミ捨て手伝ってるろん」

それは秘書の仕事ではないのだが。なにやってるんだ、あいつは。

「で、なんだ？」

「だから君の問題が解決するろん！　出席日数が足りないんでしょ？」

「まあ、そうだが……」

　事実、西也はきょうも学校を休んでいる。此池教諭《きょうゆ》に説教されたその翌日に欠席だ。彼女はさぞや落胆《らくたん》していることだろう。

「そこで朗報！　これを見るろん！」

　マカロンの後ろから、千斗いすずが入ってきた。いつものパーク内の制服姿だ。ただしその表情がちょっとおかしい。にこにこ笑顔《えがお》を浮《う》かべているのだ。

「……ゴミ捨てに行ったのではなかったのか？」

「もう行ってきたわ」

　と、いすずが言った。

「…………はあ」

「どう？　可児江くん。いまのわたし、素敵でしょ？」

「……なにを言っているんだ？」

「まあまあ、気にしないで。ほら、可児江くん。わたしって、どこからどう見てもいすずさん〜、って感じでしょう？　秘書だし、同じ学校だし、まず見間違《みまちが》えないでしょう？」

「？？？？？？」

まあいまは春だし、頭が変になる奴《やつ》が多い季節だとは聞いている。だとしても、いすずの言動は珍妙《ちんみょう》きわまりなかった。

「当惑《とうわく》してるろん」

「当惑してますねえ」

いすずとマカロンがククク と笑った。

「ねえ、可児江くん……」

彼女は腰《こし》をくねくねとさせて、西也にしなだれかかってきた。上着の前をはだけて、ボリュームたっぷりの胸を押しつけてくる。

「お、おい……。むぐっ」

「わたし、秘書って立場だけじゃガマンできないの。辛《つら》いことがあったら遠慮《えんりょ》なく言って？　どんなことでもしてあげるから……。だって、わたし、わたし、可児江くんのこと……」

いすずの上気した顔が迫《せま》ってくる。甘い息。うるんだ瞳《ひとみ》。いったい何が起きているのか？

「ま、待て」

後退《あとずさ》りながら、西也は言った。

「千斗よ。俺が忙しいことは知っているだろう？　マカロンと一緒《いっしょ》に俺をからかおうだとか、そういう浅はかな真似《まね》をする意味がよくわからんのだが……」

「マカロンのことは気にしないで。いまはわたしだけを見て、可児江くん」

「正気に戻《もど》れ、千斗」

「わたしだって恥《は》ずかしいの。ねえ逃《に》げないで、可児江くん……」

いすずの唇《くちびる》がせまる。

「お、おい」

「いすずちゃんだと思ったみー？　残念！　ボクでした！」

言うなりいすずは、その場で衣服を脱《ぬ》ぎ捨てた。

いや、衣服ではなく全身そのものを脱ぎ捨てた。スポン、と変な音がすると、その場に現れたのはティラミーだった。

「な……!?」

「ぎゃ――――はっはっはっはっは！」

ティラミーとマカロンは爆笑《ばくしょう》した。腹を抱《かか》え、『いすずの抜《ぬ》け殻《がら》』を振《ふ》り回し、はげしく机を叩いている。

「なに？　ど……どういう……？」

困惑《こんわく》する西也の前でひとしきり笑うと、ティラミーはしぼみきった抜け殻を差し出した。

「ガーリーの肉じゅばんだみー！」

「……なんだ、それは」

「見ての通り、他人になりすます魔法《まほう》のアイテムだろん。こないだ僕のアトラクションで見たでしょ？　モグート族の連中が、ごっついブラザーになってた奴」

「ああ……」

そういえば先日、マカロンのミュージックシアターをリニューアルしたとき、見せられた。小柄《こがら》なモグート族がその肉じゅばんを着るだけで、マッチョなブラザーたちに変身していたのだ。

「一種の着ぐるみだみー。中の人の体型には左右されない優《すぐ》れモノだよ！」

「こないだまでは、特定の個人を真似ることはできなかったろん。でもモグート族が改良を加えて、３Ｄデータと組み合わせて本人そっくりに化ける技術を開発したろん！」

またモグート族か。器用な連中だ。味方に引き込んで大正解だった。

「ただし高価なレアアースがたっぷり必要だから、量産はできないらしいみー」

「このいすずちゃんスーツは試作品。ティラミーがたっぷり撮《と》りためてきた写真データが生きたろん。あいにく、外見だけだから裸《はだか》までは再現できないけど」

「そこは僕らの想像で補ってるみー。乳輪のサイズはボク好みにしてるよ？」

「あれは大きすぎだろん。変に光沢《こうたく》あるし。おまえシロマサかよ」

「でも色は」

「うん。あの色で満場一致《いっち》だったろん」

頭痛をおさえながら――そしておおよその見当はついていながら、西也は言った。

「えーと、つまり？　その魔法の着ぐるみが俺の出席日数にどう関係してくるのだ？」

「もう一体ちょっとくらい、試作品を作るくらいの資材はあるんだろん。それで可児江くんの着ぐるみを作れば！」

「ああ……」

「替《か》え玉が完成だみー！　あとはヒマな従業員《キャスト》が可児江くんに成りすまして、授業に出れば解決って寸法だみー」

「ううむ……」

なるほど。言いたいことはおおよそ分かった。

だがとりあえずの問題は、マカロンとティラミーの背後に立って、毎度のマスケット銃《じゆう》を引き抜いている本物の千斗いすずなのではないだろうか。

あー、怒《おこ》ってる。

無表情だが、それだけに憤怒《ふんぬ》のオーラがよくわかる。

知らないぞ。俺は善意の第三者だぞ。

西也の視線に気づいて、マカロンとティラミーが振り返った。二匹《ひき》はいすずの存在を知り、異口同音に『Ｏｈ……』とつぶやいた。

「い、いすずちゃん……いつからそこにいたみー？」

「破廉恥《はれんち》なセリフで可児江くんを誘惑《ゆうわく》してるあたりからよ」

「ず、ずいぶん前からいたんだみー……」

「ず、ずっと聞いてたの？　人が悪いろん……」

いすずはしぼんだ着ぐるみを奪《うば》い、胸の奥をしげしげとのぞき込んでから、ほとんど聞こえないような声で『こんな大きくない……』とつぶやいた。

「い、色は？」

ティラミーがたずねた。果敢《かかん》な質問であった。

「うるさい。とりあえず射殺よ。いいわね……？」

『……じょ、上等じゃオラアアっ!!』

二匹は敢然《かんぜん》といすずの銃弾《じゅうだん》を受け入れた。むしろ逃げ回った方が悲惨《ひさん》な結果になる場合が多いだけだと理解しているのかもしれない。

死んだ二匹を医務室に放《ほう》り込み、自分の着ぐるみをどこかにきっちり封印《ふういん》してから、いすずは西也の執務室《しつむ》に戻ってきた。

騒《さわ》ぎを聞いたモッフルも同行してきている。

「……とはいえ、悪いプランじゃないと思うふも」

事情を聞いたモッフルは、腕組《うでぐ》みして言った。

「不本意ながらわがパークにとって、西也の力は必須《ひっす》。しかし学校は通わねばならないふも。どーせ友達とかいないだろうし、黙《だま》って過ごせば問題ないんじゃね？」

「な……！　お、俺にだって友達くらい……」

「いないわね。完全に」

いすずの言葉は血も涙《なみだ》もない。

「ぐぐうっ……」

「なら大丈夫《だいじょうぶ》ふも。ここはマカロンたちの案に乗ってみるのもいいと思うよ？　いすずはどうふも？」

「同意見よ」

不承不承、いすずはうなずいた。

「現状、ほかに打開策もないわけだし。すべての出席を替え玉で済ますのは無理でも、替わってもらえる日は替わってもらうなら……確かに使える手段だと思うわ」

「うーむ……」

まあ、理にはかなっている。

最近、学校で喋《しゃべ》る頻度《ひんど》が極端《きょくたん》に落ちているのは事実だし。黙って授業に出席するだけなら、別に自分でなくても構わないだろう。問題は抜き打ちの小テストなどがあった場合だが、それはやむを得ない。そもそも大学の推薦《すいせん》入学など元から考えていないので、卒業に必要な最低限の単位さえ取れればそれでいい。

なにしろ俺様は頭がいい。学校の勉強なんぞ物の数ではないのだ。

……………と言いつつ実は最近、いくつかの科目については微妙《びみょう》な成績になりつつあるのだが。

中学までは無敵状態で、高校の授業から急に苦戦し始める『元・神童』というのは思いのほか多い。地頭《じあたま》の良さではどうにもならない、努力必須の内容が増えてくるのが原因である。とはいえ、まだどうにかなるレベルでもあるし——

「で、どうするふもよ」

モッフルが言った。

「西也がOKなら、空いてるキャストからシフトを組むふも。五月の予定もそれで変わってくるから、さっさと決めるふも」

「わかった。ならば、やってみよう」


とりあえずの一日目、西也の替え玉を務めたのはいすずだった。

なにしろ甘城《あまぎ》高校の在校生でもあるし、学校での西也も知っている。つまりボロを出しにくい。初日のテスト運用にはまず順当な人材であった。

(とはいえ……)

朝の校門を通り過ぎながら、いすずは思った。

(なんとも妙《みょう》な気分ね……。いつも見ている可児江くんの姿で、この学校に通学するのは……)

玄関《げんかん》のガラス戸に映る自分の姿は、まごうことなき可児江西也だ。

昨日、モグート族が完成させてきた『ガーリーの着ぐるみ』は、まさしく完璧《かんぺき》な出来映《できば》えだった。なにしろ魔法のアイテムなので、いすずの体型や背丈《せたけ》などまったく関係ない。

視点がやや高いのは、自分の目線が西也の身長に合っているからだろう。

ああ、いけない。ちょっと内股《うちまた》になっている。

さりとてガニ股《また》になるのも違《ちが》う。彼はそういうキャラではない。あくまでエレガントに。同時に凜々《りり》しく、男らしく。

（難しいわ……）

ポイントは背筋だろうか。姿勢をまっすぐ、やや反り返ったような感じ？　いつも上から目線で、他人を見下しているような。

いや、そういう可児江西也も正しいが、実際には不機嫌《ふきげん》顔で悩《なや》んでいる時の方が多い。うつむき、眉《まゆ》をひそめ、いつも何かにイライラしているような。

（うん、これね……）

とはいえこれも、ちょっと違うような気がする。自分を見る時の彼は、こういう感じではなくて、もう少し柔《やわ》らかいような、優《やさ》しいような――いや、それは考えすぎだろうか。でも彼は自分に対したとき、普段《ふだん》とは違う雰囲気《ふんいき》になっていると思うのだが――

「可児江先輩《せんぱい》？」

いきなり横から声をかけられて、いすずはびくりとした。

相手は中城椎菜《ちゅうじょうしいな》だった。ゴールデンウイーク初日のライブで大貢献《こうけん》した彼女だが、立場はただのバイトなので、今回の替え玉作戦のことは知らせていない。

「あら……お、おはよう。中城さん」

しまった、さっそくやってしまった。

「は、はい？」

「いや、中城。きょうはいい天気だな」

とっさに取り繕《つくろ》ってはみたが、椎菜は困惑したままだった。

「いい天気というか……曇《くも》ってますけど……」

むしろ小雨《こさめ》が降り始めている。どんよりとしたいやな天気だった。

「気にするな。なにか用か？」

「なんかクネクネと変な動きをしてるから、心配になっただけです。大丈夫ですか？」

「もちろんだ。わた……俺はなんの問題もない」

「はあ」

深呼吸してから、椎菜の前でぴしりと居住まいを正す。

「それより俺の姿を見てくれ。どう思う？」

「？　そう言われましても。いつもの可児江先輩です」

「そうか。ならばいいのだ」

満足し、咳払《せきばら》いする。正直、西也らしい言葉遣《づか》いをしていると宝塚《たからづか》の役者にでもなったような気分で、どうにも座りが悪いのだが、これが正しいのだと自分に言い聞かせる。

「でも強《し》いて言うなら、ご機嫌《きげん》がよさそうですよね」

「……そうか？」

「はい。普段なら、椎菜のことはほぼ無視しますから」

「そ、そうなのか？」

「……そうですよ。でも、だから、ちょっと……きょうは……う、嬉《うれ》しかったです」

そうとだけ言って、椎菜は早足で自分の靴《くつ》箱のある方へと走っていってしまった。心なしか、その頰《ほお》が赤らんでいるようにも見えた。

可児江くん。あなた普段、あの子にどんな接し方をしているの？

気を入れ直して、いすずは自分のクラスの靴箱に向かった。……ではなく、西也のクラスの靴箱に向かった。

『可児江』と書かれた扉《とびら》を開けると――

中には西也の上履《うわば》きと、一通の封書《ふうしょ》が入っていた。

「………………」

ただ封書、と呼ぶのは不適切かもしれない。

淡《あわ》いピンク色の封筒《ふうとう》に、藍色《あいいろ》のハート型のシール。

いけない。周囲に気取《けど》られてはいけない。これは爆弾《ばくだん》だ。

いすずはその封筒をさっとしまうと、なにごともなかったように教室へと向かった。さりげない仕草を心がけるあまり、西也の上履きをはくことに抵抗《ていこう》を感じるゆとりさえなかった。

まあ要するに、それは古風にもラブレターだった。


一年の時からあなたが好きでした。

みんなはあれこれ言うけど、わたしはあなたがいい人だとわかっています。クラスは違うけど、いつもあなたのことを、遠くから見ています。

ふと、たまに寂《さび》しそうな目をしているのも、すみません、わたしは気づいています。

そんなあなたの横顔に、わたしは魅入《みい》られています。

あなたはどこか遠くを見ているようです。

きっとあなたは『バカな奴《やつ》だ』と思うでしょう。でも、わたしは真剣《しんけん》なんです。あなたと一緒《いっしょ》に、あなたの目指すなにかを共有したいんです。

すみません、変ですよね。

でも、もし迷惑《めいわく》でなかったら、一度わたしのこの想いを告げさせてください。

放課後、体育館の裏で待っています。

いまどき体育館裏とか。むしろ七〇年代的な番長グループの罠《わな》なのではないか？

授業中にこそこそと手紙を読みながら、いすずは思った。

そもそもこんな無記名の手紙で、いったい何を期待するというのか。無視されても文句は言えないだろうに。

ラブレターは手書きだった。見たところでは女性の字だ。いたずらだったらむしろありがたいくらいだが、文面からにじみ出る真剣さは、どうも本気のようだ。

そもそもこの手紙。

妙に腹が立つ。なんというのか、さも可児江西也のことをよく理解しているかのような、この物言い。

『あなたの価値がわかるのは、あたしだけよ？』とでも思っているかのような、微妙に上から目線で、自分に酔《よ》ったムードが漂《ただよ》っている。

まあ、確かに可児江くんみたいなダメ人間に告白するような女だ。古道具屋で価値ある逸品《いっぴん》を偶然《ぐうぜん》見つけたような、そんな気分になるのは分からないでもない。

だがその確信が気にくわない。

そもそも『いい人』だから好きだとか。この女の恋愛《れんあい》回路は単純すぎる。いや、普通《ふつう》だったらそれでいいのかもしれないが、とにかくなぜかムカムカする。

どうせ顔でしょ？　このイケメン顔に、勝手に幻想《げんそう》を抱《いだ》いたんでしょう？

おあいにくさま。わたしは可児江くんの高慢《こうまん》なハンサム顔は、むしろ嫌《きら》いなくらいだわ。彼の魅力《みりょく》はそういうところじゃないのよ。それがあなたには、まったくわかって——

あー、だめだだめだ。

なぜわたしはこの女に激しい反感をおぼえているのか。ニュートラルに対応しなければ……。

（さて……どうする？）

このラブレターを撮影《さつえい》して可児江西也にメールし、指示を仰《あお》ぐのは簡単だ。なにしろ自分は彼の秘書なのだし、ホウレンソウの原則からいってもそうするのが当然といえよう。

とはいえ、しかし。

相手の顔を拝んで、その意図を読みとってから報告しても遅《おそ》くはないのではないか？　無用なトラブルで彼を煩《わずら》わせるのは、それこそ秘書として失格だろう。うん、そうだ。きっとそうだ。

とりあえず、いまはまだ報告しないでおこう——

放課後、体育館裏に来たのは文句なしの美少女だった。

同じ二年生。うるんだ瞳《ひとみ》にセミロングの髪《かみ》。可憐《かれん》な脚線美《きゃくせんび》にきゅっと締《し》まったウエスト。名前は知らないが、何度かすれ違った記憶《きおく》がある。

「あの……可児江くん」

ためらいながら、少女が言った。

「一組の土田《つちだ》香苗《かなえ》です。いきなりあんな手紙を送ってごめんなさい。でも、あのあと色々考えて、ものすごく悩んでしまって……」

「いや。別に」

西也の着ぐるみを着たまま、いすずは曖昧《あいまい》に答えた。多少の罪悪感はあるものの、これは仕事なのだと自分に言い聞かせる。

「……本当は、知らんぷりして逃《に》げてもいいかと思ったんです。で、でも、やっぱりそれはいけないことだと思い直しました。そんなの無責任すぎますから」

「そうか……」

本来なら、もう少し緊張《きんちょう》したように振《ふ》る舞《ま》うべきなのだろう。

だが無理だった。ものすごく白けた気分だ。『ふーん。あ、そう……』と言ってやりたいくらいなのを、どうにかガマンしているところなのだ。

いすずは前にテレビのバラエティで見た『夫の不倫《ふりん》現場に肉薄《にくはく》！　妻と不倫相手の激烈《げきれつ》トーク！』という企画《きかく》を思い出した。『彼は寂しかったのよ!?』だとかあれこれ逆ギレして言い訳を並べ立てる不倫相手の女に、妻が言っていたセリフが『ふーん。あ、そう……』だった。

いすずもいま、言いたかった。『ふーん。あ、そう……』と。

そして咎《とが》がないはずの西也にも腹が立っていた。

こんな女が寄ってくるなんて。

脇《わき》が甘すぎるんじゃないの？　可児江くん。

（ああ、いけない、いけない……）

自分は秘書なのだ。冷静、冷淡《れいたん》、冷酷《れいこく》にこの事案を処理しなければ。

「それで……？」

「ごめんなさい！」

直角に頭を下げて、その土田香苗とやらは言った。

「あたし、五組の木村《きむら》くんの靴《くつ》箱に手紙を入れたつもりだったんです。それが間違《まちが》って、四組のあなたの靴箱に……。本当に、本当にごめんなさい！」

「え……？」

「だからその……なんというのか……ひ、人違《ひとちが》いだったんです。本当に……その……ごめんなさい……」

いすずは拍子抜《ひょうしぬ》けしたまま、しばらく棒立ちしていた。

「えー……つまり。俺に告白というわけではなく……？」

「はい。も、申し訳ありません……」

土田香苗は涙目《なみだめ》の上目遣《うわめづか》いだ。かわいいものではないか。なんだか気の毒になってきた。

「お、怒《おこ》ってますよね？ 無理もないと思いますけど……いちおう……謝らなきゃと思って……」

「いや、大丈夫《だいじょうぶ》だ。気にするな」

先ほどまでのモヤモヤはどこへやら。いすずはむしろ清々《すがすが》しい気分すら感じていた。

「え……？」

「間違いは誰《だれ》にでもあることだ。匿名《とくめい》だから逃げることもできたというのに、こうして謝罪に来たのだから、むしろ天晴《あっぱ》れですらある。いや、見上げた心がけだ」

不思議と『可児江西也語』が、すらすらと出てくる。今朝から彼のしゃべり方を真似《まね》るのは、どうにもむずむずしていたというのに。

「ゆ……許してくれるんですか？」

「もちろんだ。土田香苗。君は誠実な子だな」

「あ……」

とうとう彼女は大粒《おおつぶ》の涙をこぼした。

「ありがとうございます！　あたし……あたし……きっと可児江くんに怒鳴《どな》られたりするんじゃないかとびくびくしてたんです。本当に……手紙を間違えてよかったです」

「？　ああ。まあ……なんだ、とにかく……その彼とうまくいくといいな。陰《かげ》ながら応援《おうえん》しているぞ」

「ええ。いえ。はい。いえ。……あたし、どうしたらいいのか……」

「？」

態度が妙《みょう》だ。それに言動にも違和《いわ》感がある。

土田香苗の顔からおびえは消え失《う》せたが、いまでは上気したような——そこはかとない色気が漂っているのは、自分の考えすぎだろうか？

「大丈夫か？」

「あ、はい！　大丈夫です！　では……し、失礼します！　また！」

「あ、うん」

大きく頭を下げてから、土田香苗は走り去った。その後ろ姿を見送ってから、いすずはぽつりとつぶやいた。

「……また？」

その夕べ、いすずがパークの空中庭園に行くと、ラティファと西也がティーカップを片手に語らっていた。

なにやら和《なご》やかなムードである。

メールによれば、いすずが替《か》え玉を務めたおかげで、西也は久しぶりに昼前までたっぷり寝坊《ねぼう》できたそうだ。普段《ふだん》は土日も祝祭日も、パークのために大忙《おおいそが》しなので、まともな睡《すい》眠《みん》時間もとれていなかった。そのためか、いつものイライラした顔つきが今はほっこりしている。

いや、ラティファ姫殿下《ひめでんか》の前では、彼はいつもこんな調子か。

「あ、いすずさん」

それまでクスクスと笑っていたラティファが、いすずの気配に気付いて言った。石畳《いしだたみ》を踏《ふ》む足音だけで、彼女は当たり前のように相手を判別する。

「姫殿下」

「聞いてください。可児江さんったらおかしいんです。ショートケーキを召《め》し上がる時に、最後の最後までイチゴを崩《くず》さないようにがんばるんです」

卓上《たくじょう》を見れば、西也は自分のショートケーキをフォークで切り崩しながらも、ぎりぎりまで大きなイチゴを落とさないように細心の注意を払《はら》っている。まるでもろい石の上に乗った巨岩《きょがん》のようなアンバランスさだ。

「むう……。そんなに変か？」

「だって、変ですよ」

「変かな」

そう言いながらも、可児江西也はどこか楽しそうだ。この自分には、あんな表情は見せたことがない。

声が暗くならないように気をつけながら、いすずは告げた。

「それは何よりです、姫殿下。……可児江くん、いい？」

「学校のことなら、ここで聞くぞ。おまえも一喫《いっきつ》、楽しんでいけ」

「ええ。ちゃんといすずさんの分もありますよ？」

ラティファがにっこりとほほえみ、お茶をいれる。

「はい。では……」

一席に腰《こし》を下ろし、ラティファから茶をふるまわれながら、いすずはきょうの出来事をかいつまんで報告した。会話をした相手、その内容、いちおう記憶《きおく》しておくべき小さなイベント。だが、ラブレターの件は話さなかった。

話すほどのことでもないし、すでに片づいた事案だ。

「ふむ。特に問題はなかったようだな」

西也が満足げに言った。

「マカロンとティラミーの発案だから、ろくなことにならないのでは……と思っていたのだが。案外、うまく行きそうではないか」

「そうね。あなたにまともな友達がいないのも助かったし」

「ぐぬぬっ……」

すかさずラティファがフォローに入った。

「と、とにかく……この調子で続けられそうですね！　本当は可児江さまにしっかり通学していただくのが最善なんですけど……」

「心配はご無用です、姫殿下。彼は校内では、いてもいなくても構わない存在ですから」

「いちいち引っかかる物言いだな……！」

「そうですよ、いすずさん。もうすこし言葉を選びませんと……」

ラティファがやさしくたしなめた。

「そういうときは、『校内に可児江さまがいなくても、特にだれも気にしない』とかにしないと」

「いや、それも全然、言葉を選んでないのだが……」

と言いつつ、ラティファへのツッコミはどこか物腰柔《ものごしやわ》らかだ。不公平な気分だったが、いすずは顔色ひとつ変えずに話をしめくくった。

「……明日《あした》はマカロンに替え玉をやってもらうわ。これから申し送りをするので、失礼」


「高校か……なにもかもが懐《なつ》かしいろん」

遠い目をして、マカロンがつぶやいた。

いすずの替え玉に関する申し送りを終えてからのことである。

「あのころは色々と馬鹿《ばか》やったろん。メープルランドのどきどきメロディ高校って知ってる？　かなりガラの悪い学校で有名だったんだけど……」

「聞いたことくらいは。よく暴力事件で問題になったりしてたわね」

どきどきメロディ高校。いすずが通っていた王立近衛《このえ》幼年学校は、その隣《となり》の学区だったのでおぼえている。いまでは比較《ひかく》的大人しくなったそうだが、昔は相当荒《あ》れていたそうだ。

喧嘩《けんか》上等、超武闘派《ちょうぶとうは》のどきメロ高。この高校をモデルにした『轟《とどろき》！ どきどき高校！』というヤンキー漫画《まんが》がメープルランドで大ヒットしたこともあるくらいだ。

「僕はそこの出身なんだろん。まあ、途中《とちゅう》で退学になったけど」

「……そう」

「ちょっと他校とモメちゃってねえ。できれば荒事《あらごと》は避《さ》けたかったんだけど、面倒《めんどう》見てた後輩《こうはい》連中が何度も狙《ねら》われて……病院送りになる奴《やつ》まで出てきて。ああなったら、番張ってる身としては仕方なかったろん。鉄パイプ持って一人で殴《なぐ》り込みに行ったよ。なかなかしんどいケンカだったろん」

「はあ……」

「けっきょく仲間が助太刀《すけだち》にきて、どうにかなったけどねえ。まあ、学校側に知れちゃって退学ろん。学校を去るとき、みんなが泣きながら送ってくれてねえ。散々どつき合ったバカばかりだけど、根はいいやつらだったたんだろん。あいつら、どうしてるかなあ……」

おっさんの『昔は俺も悪かった』話。若い女にとって、これほどウザい話題はない。どんよりした目のいすずをよそに、マカロンはしばらく高校時代の武勇伝を語り続けた。

「まあ要するに。若いころはすこしは悪いこともしとくといいってことだろん。いすずちゃんには分からないかなあ」

「まったく興味ないわ」

「あ、そう」

さして傷ついた様子も見せずに、マカロンは肩《かた》をすくめた。

「退学のあと、やることもなかったから軍に入ったろん。訓練キャンプでもいろいろあってね。それがまたケッサクで……」

「もういいわ。とにかく明日一日、問題を起こさないでね」

いすずは話を打ち切って、帰り支度《じたく》を始めた。

翌朝、マカロンは『ガーリーの肉じゅばん・改』で可児江西也の姿になり、甘城高校へと向かった。

平日な上に、たまたまこの週は団体客も少ないので、マカロンの仕事はほかのキャストが着ぐるみに入って代行できる程度のものばかりだった。

しょせんは地上界の普通《ふつう》の高校。食うか食われるかのヤンキーライフは存在しない。のんびり過ごして羽根を伸《の》ばそうと思っていた。

すこし早く学校に着いてしまったので、教室に鞄《かばん》を置いてから、廊下《ろうか》に出た。

始業前に一服したかったのだ。どこかに喫煙《きつえん》所はないかな……と、ポケットから取り出したマルボロをくわえ、火をつけずにうろうろしていると、行き交《か》う生徒たちが目を丸くしていた。

適当な男子に声をかけてみる。

「なあ。喫煙所どこ?」

「え、ここ学校……っていうか未成年はタバコ吸っちゃ……。あの、俺、無関係だからね……⁉」

すぐにその彼は逃《に》げ去ってしまった。

「あー、そうか。しまったろん……」

タバコをしまって、後頭部を掻《か》く。よく考えたらここは高校だった。喫煙所があるわけない。

自分の高校時代は、教室でも自由に吸ってたのだが。みんな吸うから、先公《センコー》も見て見ぬふりだった。

とはいえ困った。窓がヤニでべったりだったなあ……。

それはさすがにキツい。これではきょう一日、ずっとタバコが吸えないということではないか。

どうしたものかと考えているうちに、授業が始まってしまった。

一時間目は数学だった。授業内容には興味がなかったので、パチンコ必勝本を読みながら半分過ごし、あとは居眠《いねむ》りした。途中で教師に注意され、黒板の式を解くように言われたが、ひとこと『わかりません』とだけ言って、すぐ居眠りに戻《もど》った。

教師も生徒もあっけにとられている様子だったが、別に自分はおかしな行動をしたつもりはない。ちゃんと大人しくしている。『変な奴らだろん』と思っただけで、放っておいた。

授業が終わって短い休み時間になると、さっそくタバコが吸いたくなった。だがどうにもならない。ガマンして二時間目以降も同様に過ごす。

（あー、だるいろん……）

つまらん。超《ちょう》つまらん。

授業ってこんなに退屈《たいくつ》だったっけ？　よくこんなところに毎日通えるなあ。

そうこうしていると、四時間目の英語の授業中に自前のスマホが鳴った。マナーモードにするのを忘れてたので、教室内に50《フィフティー》セントの暴力的なラップが鳴り響《ひび》いてしまった。ファックとかビッチとか言いまくりの曲である。

英語教師が目を丸くしてこちらを見ている。内容がわかるみたいだが、放《ほう》っておく。

別れた元妻からのメールだった。養育費の催促《さいそく》と、娘《むすめ》との面会を見合わせる件だった。

「くそっ《ファック》」

思わずつぶやいてしまう。

振《ふ》り込みが少し遅《おく》れただけで、うるさい女だろん。先月からがんばって払ってるのに。まったく……。

「あの、可児江くん？　授業中にメールは……」

「うるせえ」

ずっとタバコが吸えてないのと、元妻からのメールにイライラしていたせいで、思わずそう言ってしまった。

「え、いま、なんて……？　可児江くん、先生に向かってそういう態度は……」

「うるせえと言ったろん。いま取り込み中だから、さっさと仕事続けてろ」

しまった、語尾《ごび》が。出身地のマカロニア弁になってしまったろん。まあいいや、適当で。

教師はうろたえ、呆然《ぼうぜん》としている。こんなことを言われたのが、心底信じられないといった風情《ふぜい》だった。

どうやらこちらのソフトな対応は、彼にとっては十分にショックだったようだ。まったく、どれだけ従順な生徒たちに囲まれて過ごしてきたのか。

とはいえここは高校だ。自分も高校生らしい態度でこの教師に接しなければならないだろう。

マカロンはすっくと立ち上がり、両手をポケットに突《つ》っ込んで、教壇《きょうだん》に近づいていく。

「な、なんだね……？　まさか、暴力は……！」

「いや、すんません先生。ちょっと体調悪いんで、保健室行ってきていいっすか？」

なぜだ。なぜ高校生らしくふるまったのに、自分は生活指導室で体育教師ににらまれ、説教を食らっているのだ。意味がわからない。

教室を出て廊下でメールの返事を書きつつ、タバコを吸える場所を探していたら、この体育教師が飛んできて彼を捕《つか》まえたのだ。さすがに暴力事件は西也も困るだろうから、おとなしく従うことにした。

生活指導室で『はあ……』とか『いえ……』とか『別に……』とか、高校生らしい真面目《まじめ》な返事をしているうちに、体育教師が言った。

「……まあ、普段《ふだん》は問題行動はないそうだからな。以後気をつけろよ？」

「うっす」

高校生らしく答え、生活指導室から解放される。

いまになって気付いたが、高校生らしい態度ではなく、可児江西也らしい態度が大事だったのかもしれない。そういえば西也は、『うっす』とか言わない奴だった。

うーん、反省だろん。

四時間目の途中で拘束《こうそく》されたので、もう昼休みの半ばも過ぎていた。腹も減ったが、とにかくまずはタバコだ。もう限界に近い。いますぐ吸わないと死んでしまう。

校舎裏の非常階段のあたりまで来ると、さいわいそこは人気《ひとけ》がなかった。物陰《ものかげ》にしゃがんで、マルボロに火をつける。至福の煙《けむり》を思い切り吸い込んだ。

「ふう……生き返るろん」

ようやく穏《おだ》やかな気分が戻ってきた。

そこに弁当箱を持った女子生徒が通りかかった。中城椎菜だ。うちのパークのバイトで、一時期マカロンのアトラクションで働いていた。いまはモッフルのアシスタント兼《けん》シンガーだ。

うんこ座りでうまそうにタバコを吸うマカロン（西也）の姿を見て、椎菜はぎょっとしていた。

「な……。あの、せ、先輩《せんぱい》……？」

「よお、椎菜ちゃん」

「え？　椎菜ちゃ……え？　え？」

「そういえば君もここのガッコだったんだろん。いや参ったよ。ろくにヤニ吸えるところもなくて……」

苦笑《くしょう》して見せたが、椎菜は笑わなかった。なにか名状しがたい異界のバケモノでも見たかのような目で、一歩、また一歩と後退《あとずさ》っている。

マカロン（西也）はタバコを差し出した。

「吸ってく？　ここなら先公も来ないよ」

「け、けっこうです！　失礼します……！」

椎菜は駆《か》け去っていってしまった。

別に従業員《キャスト》には極秘《ごくひ》というわけでもないので、一服しながら正体を明かそうとしたのだが。呼び止めるヒマすらなかった。

（……まずかったかなあ？　まあいいろん）

もう一本吸ってから、立ち上がる。五時間目はサボろう。商店街まで足を延ばして、ラーメン食ってからパチスロでも行くか。

自転車置き場の方に向かおうとすると、角の向こうから話し声が聞こえてきた。

（…………？）

深刻な声だ。男女が一人ずつ。なにかの諍《いさか》いのようだった。特に急いでいるわけでもなかったので、マカロンは立ち止まり聞き耳を立てる。

（……手違《てちが》いって、どういうことだよ？　だって元々、土田さんは俺が好きだったんだろ？）

（それは……そうなんだけど、やっぱり、自分でも分からなくなってきて……）

察するに、男が女を責めているようだった。

（分からないって……こっちも意味分からねえよ。きのう俺に手紙っつーかラブレター？　渡《わた》すはずだったんだろ？）

（それなんだけど、なんで木村くんがそのこと知ってるの？）

（え？　それは……）

（あたし、このこと寺野《てらの》さんにしか話してないんだけど。そもそも変だよね？　あたし昨日、手紙入れる靴《くつ》箱間違っただけで、木村くんにはまだ一言も告白っぽいことしてなかったはずなのに。なんでこんなところに呼び出すわけ？）

（それは……きょう立ち話で、寺野から『土田さんとどうだった？』って聞かれてさ。よく分からないから、事情を聞いたら……）

（ああ、もう……寺野さん、余計なことを）

女の方が深いため息をつく。

（とにかく俺に気があるんだったら、もうそれでいいだろ？　ちゃんと付き合おうよ）

（だからそれが、手違いでそういうことじゃなくなってきてて……）

（なんだよそれ、ひでえよ！　気が変わったってのかよ!?）

立ち聞きしながら、モッフルは状況《じょうきょう》を整理してみた。

ややこしいろん。えーと、つまり？

きのう、この土田さんという少女が、この木村くんという少年にラブレター（古風にも！）を渡そうとしていた。だがなにかの手違いで渡せなかった。

そしてきょう、おそらく共通の友人である寺野（性別不明だがおそらく女子）から、木村くんはラブレターの件を聞いた。だが木村くんはそんな手紙はもらっていない。もともと土田さんに気があったのだろう、木村くんはいてもたってもいられず、こうして土田さんを呼び出した。

ところが、女心とは一晩で変わるもの。土田さんにその気はすでになく、それを聞いた木村くんは怒《おこ》って彼女に問いつめている。

——ということでよろしいろん？

うん、たぶんＯＫ。

うーん。青春しとるねえ。うらやましい限りだろん。

マカロンのいたどきどきメロディ高校（地元では『どメ高《ドメコー》』と呼ばれていた）は、女子がほとんどいなかった。ついでに言えばこうした校舎裏はヤンキーどものたまり場だった。

これはなかなか貴重な場面に居合わせたといえよう。

（ごめん。本当にこれでいいのか、って昨日から思い始めちゃって……）

（そんなのってありかよ⁉ 俺、土田さんから告白されたらいつでもＯＫだったのに！）

（でも、こんな中途半端《ちゅうとはんぱ》な気持ちじゃ、そうはなれないよ……）

（手紙を間違えたって、それだけの理由で⁉ ひどすぎるよ！）

木村くんの声はうわずっている。巡《めぐ》り合わせの不幸とはいえ、気の毒なことだった。

これ以上、男としての醜態《しゅうたい》をさらすがままにしておくのは忍《しの》びない。ここは人生の先輩として、いくらかの助け船をよこしてやるべきだろう。

「まあまあ。ここは落ち着くろん」

押し問答を繰《く》り返す二人——土田さんと木村くんの前に、マカロンはさっそうと姿を現した。

「な……⁉」

「か、可児江くん……⁉」

驚《おどろ》く二人。なんだ、こちらのことを知っているのか。……というか、また訛《なま》りが出てしまった。まあいいか、テキトーで。

「二人とも。話は聞かせてもらった。どうやら不幸な行き違いがあったようだね」

余裕《よゆう》たっぷりの態度で、困惑《こんわく》顔の二人の前を行き来する。

そう、困惑顔だ。『痴話喧嘩《ちわげんか》の最中に部外者がいきなり現れた』というだけでは済まない、なにかひどく複雑な困惑顔だった。なぜかは知らんが。

「た……立ち聞きしてたのか？　ひどい奴《やつ》だな！」

木村くんが言った。

「そう怒るな。たまたま居合わせただけだろん」

「ろ、ろん……？」

「俺のことはいい。とにかくだな、ここは耐《た》えるところだぞ、少年《キッド》。この場でおまえが必死になればなるほど、彼女の心はお前から離《はな》れていく。まずそれを知れ」

「よ、余計なお世話だ！　だいたいどの面《つら》下げて、上から目線の説教なんかを……」

「説教じゃない。忠告だろん」

「だからなんだよ、その『ろん』ってのは!?」

「まあ聞けって、おう」

マカロンは木村くんの肩《かた》をがっちりと抱《だ》き寄せた。やや乱暴なくらいの仕草だった。

木村くんはそれまで殴《なぐ》りかからんばかりの剣幕《けんまく》だったのだが、マカロンの醸《かも》しだすヤンキーオーラを敏感《びんかん》に感じ取り、とりあえず大人しくなった。

「なあ少年《ボーイ》……女ってのはな？　追えば追うほど逃《に》げてくものなんだろん。わかるか？

つまり大事なのは余裕だよ。『女は他にも山ほどいる。あんまりもったい付けてると、俺だって他に行っちまうぜ？』……と。そう思わせてナンボなんだろん」

「な、なんだか妙《みょう》に説得力あるけど……あんたには言われたくないよ……！」

「そう腐《くさ》るなって。誰《だれ》だって最初はそんなもんだろん。だがそれじゃあいけない。必死な男にクラッとくる女は、ドラマの中だけだよ。そうだろん、お嬢《じょう》ちゃん？」

「へ？　あ……はい。いえ。その……」

成りゆきを見守っていた土田さんは、意表をつかれたように素っ頓狂《すっとんきょう》な声をあげた。

「ほれ。な？　……要するに、だ。ここはいったん引いて、彼女の気分が落ち着くまで様子を見るのが吉《きち》ってことだろん」

「でも、でも……！」

「不安なのはわかる」

優《やさ》しくいたわるような声で、マカロンは言った。

「そうやって引いてる間に、彼女が他の男になびかないか不安なんだろ？　それがいけないんだろん。ドーンと構えてないと。その余裕を手に入れるために、どうすればいいか。わかるか？」

「わ、わからないよ！　俺、あんたみたいなイケメンじゃないし……！」

マカロンは木村くんの肩をぐいっとつかみ、ささやいた。

「ソープにいけ」

「は？」

「ソープにいけ。それで全部解決するろん。なるべく高い店がいい。そこで一発、酸《す》いも甘いもかみわけたゴージャスな嬢と、どどーんといろいろ経験しておけば——ほれ、そこのメスガキなんて物の数じゃなくなるろん。話はそれからだよ」

「北方謙三の人生相談かよ！」

「でも、その通りだろん？」

「確かに……それはそれで理にかなってるけど。でも、俺、俺……！」

「大丈夫《だいじょうぶ》。僕の友達にそっち方面詳《くわ》しい奴がいるから。いい店紹介《しょうかい》してやるろん。そこの土田さんみたいなタイプもいるよ？　メアド教えろ。後で送ってやる」

と言いつつ、自分は全然そういうお店に行ったことはないのだが。まあ、トリケンなら何か知ってるだろう。この手のことはあいつに聞くに限る。

「え、マジ？　だって、でも……」

「早くしろって。めんどくさい奴だろん」

「あ、はい……」

ひそひそ話しながら、木村くんはマカロンにメアドを送信しかけて——我に返り、叫《さけ》び声をあげた。

「って、ちがーう!!」

「なんだろん、いきなり」

「そもそも！　なんであんたから上から目線で説教されなきゃならないんだよ!?　彼女が、問題のラブレターを間違えて投函《とうかん》したのは、あんただったんだろう!?　そのあんたが——可児江西也！　どうしてここに出てきて、俺らの問題にあれこれ口出ししてるんだよ!?　彼女は前からあんたも気になってたんだ！　そこであんたが……紳士《しんし》的な対応したから、ややこしくなったんじゃないか!?」

一気にまくし立てられて、マカロンはしばし言葉に詰《つ》まった。

「えーと……西也が？　じゃなくて僕が？」

「ああ」

「この彼女と？」

「そうだよ」

「うーむ……。それは申し送りになかった事項《じこう》だろん。それ、本当？」

土田さんにたずねてみると、彼女はやや頬《ほお》を赤らめて、こくりとうなずいた。

「ごめんなさい……。決して、両天秤《りょうてんびん》にかけたわけじゃないんです。でも……きのうの可児江くんの優しい態度で……やっぱり、あたし本当にこのままでいいのかなあ……って……」

「わーお。ここにもミッチが一人いたろん」

「はい？」

「いや」

ちなみにミッチとは、メープルランド語である属性の女性を差す。決して上品な言葉ではない。代表的な用例としては、相手を罵《ののし》る時に『ユー・サノバ・ミッチ！』とかいう感じで使う。たいてい相手は激怒《げきど》する。

さて。

木村くんは嫉妬《しっと》の炎《ほのお》をたぎらせて、こちらをにらみつけている。

土田さんはうつむき加減で、こちらに白馬の王子様的役割を期待している。

途中《とちゅう》から立ち聞きしていたので、いろいろ見落としがあった。どうやら自分の登場は、さらに事態をややこしくしただけのようだ。

「……うん。まあ、なんだ。こう見えてこの可児江西也、大したことない男だよ？　職場の女には、尻《しり》にしかれてばかりだし。俺様TUEEEEEって感じのうぬぼれやだし。どうせ付き合ったところで、ろくなことにはならないろん。だから……まあ……あんまりおすすめできないよ？」

「なにをわけのわからないことを。要するにあんたのせいだろ⁉」

「えー。それはいくらなんでも、責任転嫁《てんか》が過ぎるろん」

「うるさい！　全部わかってて、からかってるんだろう⁉　俺のこの哀《かな》しみ、この怒《いか》り――歯を食いしばって受け止めろおぉぉっ――‼」

血涙《けつるい》を流しながら、木村くんが殴りかかってきた。

素人《しろうと》丸出しのテレフォンパンチ。さばくのはたやすい。だがここは大人の度量を見せて、彼の無念を受け止めてやるべきだろう。

さあ来るがいい、少年。

びしっ！　……といい音がして、木村くんの拳《こぶし》がマカロン（西也）の頬にめり込んだ。

だがその程度で倒《たお》れるようなマカロンではない。彼は仁王立《におうだ》ちしたまま、不敵な笑《え》みを浮《う》かべた。

「ふっ……なかなかいいパンチだろん」

「⁉」

「だがまだ軽い。もろい。その程度の力では、どメ高で番を張ってたこの僕を倒すことはできないろん。さあ……腰《こし》に力をこめろ！　脚《あし》を踏《ふ》ん張れ！　すべての力を、己《おのれ》の拳に注ぎこむろん！」

「え……あの……？」

だが木村くんはうろたえ、後ずさるだけだった。もはや戦意はかけらもない。いや、この表情は……恐怖《きょうふ》か？　なぜこの期《ご》に及《およ》んでおびえるのか？

「……か、可児江……。頭……っていうか、首が……」

「ん？」

そういえば視界が変にゆがんで、右七〇度くらいに傾《かたむ》いている。そばの校舎の窓に映る、自身の姿を見てみた。可児江西也（つまり自分）の首がぽっきり折れて、左七〇度に曲がっていた。ガンプラでいったら首のポリキャップがほとんど取れて、辛《かろ》うじてぶらさがっているような状態だ。

かなりグロい。

「おっと……いかんいかん」

着ぐるみなのを忘れていた。魔法《まほう》の肉じゅばんとはいえ、強い衝撃《しょうげき》を受けるとズレてしまうようだ。気をつけよう（……というか、この場合自分の頭はどこにあるのだろう？）。

頭をつかんで、窓を鏡代わりに調整する。さいわい壊《こわ》れたわけではないようで、可児江西也の頭は元の位置にすっぽりと戻《もど》った。

「すまなかったね、少年。さあ、もう一度来るろん」

木村くんは来なかった。短く『ひっ……！』と悲鳴をあげて、一目散に逃げ出してしまった。

「……だよねー」

角の向こうに消える木村くんの後ろ姿を見送って、マカロンはつぶやいた。

なんだか悪いことをしてしまった。本来なら木村くんの全力パンチできれいに吹《ふ》き飛んでやって、『なかなかのガッツだ。土田さん、この男はみどころがあるよ？』と持ち上げてやるつもりだったのに。

「で、えーと……土田さん？」

「は、はい……⁉」

それまで土田さんは立ち尽《つ》くして震《ふる》えていたが、やっと我に返って背筋をのばした。

「あの……大丈夫なんですか？　可児江くん、首……」

「うん。特異体質なの。前にびっくり人間大集合みたいな番組にも出たことあってね。大丈夫。ただの宴会芸《えんかい》だから」

「そ、そうだったんですか……」

土田さんはほっと胸をなで下ろした。

この説明で納得《なっとく》するとは。ある意味この娘《むすめ》も相当アレなタイプのようだ。

「それより……すみませんでした。可児江くんは何も悪くないのに、こんなことに巻き込んでしまって……」

「気にするな。過《あやま》ちは誰にでもあるものだろん」

「でも……」

「まあアドバイスをさせてもらうなら――」

マルボロを取り出し、シュボッと百円ライターで火をつける。あまりにも当たり前の仕草だったので、土田さんは咎《とが》め立てさえしないようだった。

「――こういう問題の時は、第三者を交えて相談するのがいいんだろん。当事者同士だけだとね、どうしても感情論に終始してしまって、まとまる話もまとまらなくなるからね。その……寺野さんだっけ？　その人に同席してもらって、喫茶店《きっさてん》とかで話し合いなさい。人のいる場所の方が冷静になれるしね」

「は、はあ……」

「いやこれマジで。僕も元嫁《よめ》と離婚《りこん》する前は、親友に同席を頼《たの》んだものだろん。……まあ、けっきょく親権で折り合いがつかなくて、弁護士の世話になったけどね」

「え？　離婚……？　親権……？」

「生きてりゃいろいろあるんだろん。忘れて。……それじゃ」

携帯灰皿《けいたい》でタバコをもみ消して、マカロンはその場を去ろうとした。

「あの、可児江くん……！」

呼び止められて、マカロンは立ち止まった。

「なに？」

「い、いろいろびっくりしたけど……助かりました。本当に……困ってたから。ありがとうございます」

土田さんは深々とお辞儀《じぎ》をした。マカロンはこそばゆいものを感じながら、小蠅《こばえ》を追い払《はら》うように手を振《ふ》った。

「よせって。あんまへコへコすると、女を下げるぞ」

「は、はい！」

顔を上げた土田さんの瞳《ひとみ》は、完全に恋《こい》する乙女《おとめ》のそれだった。

なんかヤバいことしちゃったかなあ、と思いながらもマカロンはさっさと退散した。

まあいいろん。自分の担当は、きょうだけだし。

その晩、閉園後のパークで――

「申し送り事項は以上ね？」

マカロンとティラミーを前にして、いすずは言った。マカロンはきょうの替《か》え玉担当、ティラミーは明日《あした》の替え玉担当なので、それぞれ同席している。

「四時間目に保健室に行こうとしたら、体育教師にとがめられて、生活指導室で説教された――その点だけは気になるけど、まあ、ほかに問題は起きなかった、と」

「そういうことだろん」

「本当ね？　本当に問題はそれだけ？」

するとマカロン（すでにいつもの二頭身に戻っていた）は、注意深い目でいすずを見つめた。

「……何よ？」

「……いや。昨日からの申し送りに従えば、問題は何も起きなかったろん」

「………………」

なにやら含《ふく》みのある物言いだ。さりとて深く追及するのもはばかられる気分だった。

「そういうわけで、ティラミー。明日は頼んだろん」

「うん！　ボクに任せるみー！」

かわいらしいポシェットをぽんと叩《たた》いて、ティラミーが言った。

この自信たっぷりな態度が、むしろいすずの不安をかきたてた。

「ずいぶんと楽しそうね……？」

「うん。……高校かー。なんとも懐《なつ》かしい気分だみー」

遠い目をして、ティラミーはつぶやいた。

「メープルランドのわくわくガーデン高校って知ってるみー？　ぼくの母校なの」

「ほお。有名な進学校だろん。意外といいとこ出てるな。……いや待て、その学校、前に火事で全焼してニュースになったことがあるろん？」

言われてみれば、いすずもその校名には覚えがあった。

「わたしは小さかったからよく知らないけど。そんな事件もあったみたいね」

「あれの犯人、ボクなんだみー」

「…………」

「あのころ園芸部でね、大麻《たいま》の栽培《さいばい》が流行《はや》ってたんだみー。それが先生に見つかりそうになって……急いで校舎裏で燃やしたんだみー。そしたらそばの資材に燃え移っちゃって……あの時はみんな大あわて！　さすがにボクも反省したなあ……」

愛らしい瞳をくりくりとさせて、ティラミーは述懐《じゅつかい》した。

「さすがに僕も、そこまではやってないろん……。っつーか、お花の妖精《ようせい》が大麻の栽培かよ」

「別に大麻くらい、たいしたことないみー。とある作家なんか、しょっちゅうオランダ行って楽しんでるらしいみー」

「まあ、あっちで吸うなら合法だけど……わたしはいちおう、近衛《このえ》隊の衛士でもあるのよ？」

ぬぼーっとした目で二人の会話を聞いていたいすずはぼそりと言った。

近衛隊はメープルランドの法執行《しっこう》機関のひとつでもある。犯罪者を逮捕《たいほ》する権限もあるのだ。

「火事のことなら、もちろん時効だみー。それにけが人は出なかったし、オンボロ校舎は新築になったし、結果オーライなんだみー」

「可児江くんの高校は燃やさないように」

「大丈夫《だいじょうぶ》だみー。目立たず、普通《ふつう》に過ごすから！」

ティラミーは請《う》け負い、もこもこの胸をぽこん、と叩いた。

「本当に大丈夫かしら……」

いすずは心配していたが、ティラミーは意外にもその一日をつつがなく送っていた。授業中はこそこそスマホをいじって、SNSで人妻にちょっかいを出したりして過ごした。あいにくどの人妻も空振《からぶ》りだったが、楽しむことはできた。

可児江西也がパークにとって大事な人材であることは、たとえティラミーでもわきまえている。さすがに西也の姿を借りて、学校の女子を口説こうとまでは思わなかった。

いや——

実はかなりガマンしていた。

なにしろ高校だ。女子高生がいっぱいだ。

下は三歳、上は九九歳まで、すべての女性がOKのティラミーである。

以前、モッフルたちから『性のエリア51』とまで言われたことがある。マリナーズ時代のイチロー（背番号51）並みの守備範囲《しゅびはんい》だというのが理由だった（だからといって彼の持ち場に球が飛んでくるとは限らないのだが）。

そんなティラミーが、半日も校内で過ごせば間違《まちが》いのひとつも冒《おか》したくなってくるというものだ。

（みー……みー……みー……）

いまは昼休み。

中庭の片隅《かたすみ》で行き交《か》う女子を眺《なが》めながら、心の中でうなり続ける。

あの子かわいいみー。あの子もいい尻《しり》だみー。あの子も、あの子も！　みんなみんな、ボクとあぶない課外授業を楽しめたら……。うーん。きっとパッフィン・グッドだみー。

そこでスマホが振動《しんどう》した。いすずからのメールだった。

《そろそろ大人しくできなくなってるころかしら？　問題を起こしたら（特に女性関係）、射殺。それだけでなく、息を吹き返すたびに射殺し続けるからそのつもりで／（｀○´）＼》

いつも思うことなのだが、いすずのメールは顔文字が変だ。意味が分かって使っているのだろうか？

それはさておき——

「いすずちゃん……さすがだみー」

こちらの行動パターンをよく心得ている。薄《うす》ら寒《さむ》いものを感じながら、ティラミーは返信した。

《大丈夫だみー。ちゃんと大人しくしてれば痛くしないみー》

しまった。予測変換《へんかん》が。

ただ『大人しくしてるみー』と書いて送ろうとしただけなのに、なぜか『大人しくしてれば痛くしないみー』とか送ってしまった。

いすずからすぐ返信。
《ふざけてるの？　それともこのわたしに脅迫《きょうはく》？》
いや、違う。そういうつもりでは――
《間違えたみー。安心してボクのいけないシッポをさすって》
あああ。また間違えて送ってしまった。
『安心してボクに任せるみー』と打ったつもりなのに。変換のラグがひどいくせに、きっちり前に打った文章を送ってくれやがるみー。パッフ！
いすずから返信。
《問題を起こさなくても射殺が必要なようね（;´ω;`）ﾌﾞﾜｯ》
あああ。やっぱり怒《おこ》ってる。そしてなにこの顔文字。
ティラミーは必死に釈明《しゃくめい》メールを打った。
《そうじゃなくて、スマホの予測変態プレイも興味あるみー》
違う。
なぜ『変換』を打とうとしたらこうなるの。
《とにかく誤解だみー。あとで説明するカラオケ屋でパッフしたことある？》
違う。

『説明するから』だけでなぜそこまで予測を。

「みー……みー……！　あー、もう。これ再起動した方がいいんだみー……」

ブツブツ言ってスマホの電源ボタンを押し込もうとすると、いきなり横から声をかけられた。

「あの、可児江くん？」

「みー!?」

思い切り叫《さけ》んで飛び上がってしまった。西也の姿で。

相手は知らない女子だった。二年生だが、少なくとも西也のクラスにはいない。かわいい子だ。文句なし。上からだいたい……80・60・83というところか。あとはまあ……女の子ならなんでもいいみー。

「な、なにか用？」

いすずとのメール問題は後回しにして、どうにか取り繕《つくろ》う。

少女はティラミー（西也）のあやしい挙動に困惑《こんわく》しているようだったが、やがて気を取り直し、おずおずと言った。

「きのうはすみませんでした。いろいろテンパっちゃってて……。それで……あの、すごく変かもしれないですけど、すこしお話ができたらなあ、と思って……」

「あー、うん。別に構わないけど……」

咳払《せきばら》いして、ティラミーは言った。どうも西也の語調とは違うような気がするのだが、細かいことはスルーである。どんどん行こう。

「ここ、いいですか？」

「うん、どうぞどうぞ」

いまティラミーは中庭の花壇《かだん》のそば、年季の入ったベンチに腰《こし》かけていた。すすっと席を詰《つ》めると、少女はひょいっと隣《となり》に腰を下ろした。

「それで。ええと、君は……」

「はい」

「いや、名前。なんだったっけ？」

彼女の顔にありありと失望が浮《う》かんだ。

「土田香苗です。もう忘れちゃったんですか……？」

うーん、単刀直入すぎたかな。まあ仕方ない。これからリカバーすればいいんだみー（ポジティブ）。

「まさか。忘れてなんかいないよ？」

ずいっと相手に顔を寄せる。

本来なら愛らしいポメ顔で迫《せま》って、いたずらっぽく言ってやるのがベターなのだが、いまは可児江西也の顔なのでやめておく。むしろホスト風の感じがよろしかろう。うん。

「キミが名乗るときの、その声が好きなんだ」

「え？」

「ねえ、もう一度言ってよ。キミの名前は……？」

「つ……土田香苗……です」

「フッ……やっぱり素敵だね。その母音。そしてその子音。ずっと何度も聞いていたい気分になるよ」

耳元にささやくように言ってあげると、少女は頬《ほお》を赤らめた。

「か……からかわないでください」

「フフッ……無理だよ。だって、キミみたいなかわいい子、からかっていじめたくなるに決まってるだろ？」

「え、あの、あの……」

「ここは人目が多いな。ちょっと、場所を変えようか？」

そっと肩《かた》を抱《だ》いてやる。彼女はびくっと背筋をふるわせてから、無言でこくりとうなずいた。

イエス！

なんだかよくわからないけど、可児江くんも罪な奴《やつ》なんだみー。友達いないとか言ってたけど、やることやってるんじゃん。あいつ結構悪党なんだみー！　ここはきっちり、『普段《ふだん》の可児江くん』らしく、義務を果たしてあげなきゃ。つまりこの女の子を、きっちり満足させてあげるんだみー！

手を握《にぎ》って歩き出すと、彼女は当惑《とうわく》した。

「あ、あの……どこへ？」

「フフっ……言っただろ？　キミをいじめちゃう場所だよ」

「えっ……!?　でも……でも……」

「怖《こわ》がらなくていいよ。ちゃんとボクがリードしてあげるんだみー」

「み、みー？」

「じゃなかった、リードするから、ね……？」

「あ、あの……は、はい……」

ほーら、ちゃんと付いてくる。この女、こう見えて実はミッチだと見たみー。ここはボクもがんばらないと！

とはいえ、どこにつれこんだものやら。

高校でしょ？　定番でいったら……体育倉庫と保健室だみー。でもたぶん、鍵《かぎ》がかかったりして入れないのが現実だみー。

（ふーむ……？）

そこでティラミーの頭に思い浮かんだのが、屋上への出入り口だった。この学校は屋上へのアクセスが禁じられている。だから階段のいちばん上、屋上への扉《とびら》付近は、要《い》らない机や椅子《いす》が置いてあるだけで人気《ひとけ》がないはずだ。

そこなら邪魔《じゃま》が入ることなく、この子とあれこれパッフィン・グッドな時間を過ごせるはず——

「あの、可児江くん……なんだか……」

「なに？」

「なんだか……きのうと違う雰囲気《ふんいき》で……あたし……」

「緊張《きんちょう》する？」

彼女はすこしためらってから、こくりとうなずいた。

ああ、そういえばきのうはマカロンだった。どうせあのオヤジのことだ、妙《みょう》に分別くさいこと言って、加齢臭《かれいしゅう》ただよう説教をしたに違いない。

「きのうのボクは、きのうのボク。きょうのボクは、きょうのボク。なにもおかしなことはないんだみー」

「でも、そんな積極的というか……ちょっと、可児江くんらしくないというか……」

「フフっ……。でもさ、本当のボクのこと、知りたくない？」

「え、あの……」

「大丈夫《だいじょうぶ》だって。ちゃんと付いてこいよ。すごい景色を見せてやるんだみー」

腰を抱いてもみもみすると、彼女は肩をふるわせて、とろけるような目つきになった。

それからティラミーは『かわいいね』だの『ボクの子猫《こねこ》ちゃん』だのとささやきながら、階段を上がっていった。

ちょろいもんだみー！　っていうか、こんなにうまくいったの初めてかも。さすがはイケメン。この肉じゅばんは今後も使えるみー！

そうこうしながら階段のいちばん上、屋上への出入り口（という名の資材置き場）に来たら、そこには一人の女子生徒がいた。

「か……可児江先輩《せんぱい》？」

一人でぼっち飯を食べていたのは、中城椎菜だった。

四月からパークのバイトに入った娘《むすめ》である。小学生みたいなちびっ子だが、この高校の一年生だ。ティラミー（西也）が同伴《どうはん》している彼女と、その密着ぶりを見て、なにやら衝《しょう》撃《げき》を受けている。

「おや。椎菜ちゃん」

「きょ、きょうも学校の方だったんですね。……というか、そちらの女性は？」

「ふふん。そんな野暮《やぼ》なこと聞かないで欲しいみー。ボクたちこれからお楽しみだから。ちょっと席外してくれないかな」

「か、可児江くん……」

困惑する彼女の耳たぶにふっと息をかける。それだけで彼女は崩《くず》れ落ちそうになった。

「あ……」

「ね？　そういうこと。椎菜ちゃんはまた今度相手してあげるから」

すると椎菜はわなわなと震《ふる》えてから、弁当箱をティラミー（西也）の顔面めがけて叩《たた》きつけた。

「みー!?」

「不潔です！　っていうか、屈辱《くつじょく》です！」

叫んで、階段を駆《か》け下りる。椎菜の姿はすぐに見えなくなってしまった。胸についたごはん粒《つぶ》を払《はら》いながら、ティラミーはぼやいた。

「みー。意外な反応だね。普通《ふつう》に『あのあの、すみません！』とか言って去っていくかと思ったのに」

「可児江くん……いまの子、だれなの？」

同伴した彼女がたずねてきた。これまでとは違《ちが》った、ごくニュートラルで冷たい声だった。

「ん？　いや、どうでもいいんだみー。とにかくこれで、ここはボクとキミだけの世界。たっぷりあぶない橋を渡《わた》りまくるんだみー」

「いえ、なんかさっきから『みー』とか言われて困ってるんですけど」

「語尾《ごび》は気にしないで。さあ、心の準備はいい？　ボクのテクで、キミをヘブン状態へと誘《いざな》うんだみー」

ぐいっと抱《だ》き寄せようとする。だが彼女はものすごく冷淡《れいたん》な態度で、寄ってくるティラミー（西也）の唇《くちびる》を押しのけた。

「あのー。本当に意味わからないんですけど。いまの子…シイナさん？　あの一年生とはどういう関係なんですか？」

「職場の後輩《こうはい》だよ。気にしないで」

「気にしますよ。どういうことです？　あの子怒《おこ》ってましたよね？　まさか二股《ふたまた》？　そういうのあたし、さすがにカンベンなんですけど……」

「ないって、ないって！　いまはキミだけしか見えないんだみー。ほら、目を閉じて。暗《くら》闇《やみ》の中に、一筋の光が見えるかい？　それがボク。心をゆだねて、リラックスしようよ……」

「えー……？　でも……」

そこでブー、ブー、と物音がした。ポケットの中のスマホが振動《しんどう》していた。取り出してチラ見しようとしたら、彼女に奪《うば》われてしまった。

「見せてください」

「あっ」

ティラミーは普段、着信時にメールの文面が表示される設定にしていた。そのため、彼女が見たのはこんな文章だった。

《千斗いすず：今夜ゆっくり話し合う必要がありそうね。覚悟《かくご》しておきなさい（*´▽｀*）》

だからその顔文字、なんなんだみー!?

「……今夜って、どういうことです？」

「うーん。それは仕事的な意味での申し送りで……」

「しかも千斗いすずって？　前から噂《うわさ》になってるあの人ですよね？　いまの……シイナって子のほかにも、この彼女と？」

「うーん。そういうわけじゃ……まあ、込み入った事情があるんだみー」

パッフ。急に雲行きが変わってきた。

「あたし、勘違《かんちが》いしてたみたいです。可児江くんって、もっと誠実な人だと思ってたのに……」

「せ、誠実だよ？　いろいろ誤解があるんだみー」

「でも可児江くん、なんだか女慣れしてますよね。あたし、そういう人に遊ばれるようなキャラじゃないし」

「遊ばないって！　マジマジ、大マジ！　絶対大事にするってば！」

「じゃあ言ってください。あたしの名前は？」

「うおっ」

なんだかんだいって、最初のやりとりをしっかり覚えていたとは。

これだから女ってのは油断ならないんだみー！

えーと、つ……だ？　最初が『つ』だっけ？　『ち』だったっけ？　下の名前は……ハナエ？　ホナエ？　なんか、真ん中に『ナ』が入ったような？

「も……もちろん覚えてるみー。えーと……つ……つ……」

「つ？」

いや、『つ』じゃなかった！　きっと『ち』だ！

「チッダ、カナメ！　そうだったよね？」

「……土田、香苗です。…………帰ります」

「ま、待つんだみー。話せばわかるから！　いや、むしろ肉体言語でわかりあうべきだと思わない？」

「やめてください！　もう……最低！」

ティラミーの腕《うで》を押しのけ、そそくさと階段を降りていく土田さん。さすがの彼でも、彼女を押しとどめる術《すべ》はもはやなかった。

膝《ひざ》を落とし、はらはらと落涙《らくるい》する。

「くっ……。どうして……どうしてこんなことに……！」

むしろ事実を知ったら泣きたくなるのは可児江西也本人なのだろうが、そんなことは想像もせず、ティラミーはうつむき『パッフ』を連発し続けた。


その晩、閉園後のパークで――

「申し送り事項《じこう》は、以上ね？」

いすずが言った。

本日の替《か》え玉担当であるティラミーと、明日《あした》担当のモッフルが同席している。

「うん……そんなところだみー」

ティラミーはえらく憔悴《しょうすい》した様子だ。昼のメールの件は、変なスマホの誤変換《ごへんかん》が原因だと説明されて納得《なっとく》したが、疲《つか》れている理由はそれだけではないようにも見える。「わたしからのメールのトラブルを除けば、特になにも起きなかった……と。本当に?」

「うん……まあ……」

ティラミーの返事は歯切れが悪かったが、いすず自身も後ろ暗いことがあるので、それ以上は追及しなかった。

「まあいいわ。ここ数日、たっぷり休んでいるおかげで、可児江くんのコンディションは良好よ。機嫌《きげん》もいいし、毒舌も減ってるし。この調子で行きたいものね」

実際、最近の西也は執務《しつむ》に精を出しつつも、部下たちへの応対はマイルドそのものだ。いつもの思い詰《つ》めた雰囲気もないし、夜にはラティファとの語らいを楽しんでいる。人間、ストレスや疲労《ひろう》がやわらぐと、あれほど人が変わるのかと驚《おどろ》くくらいである。

大変、けっこうなことだった。

「それで明日はモッフル卿《きょう》の番だけど、大丈夫?」

「任せるふも」

モッフルは胸をぽこんと叩いてから、遠い目をした。

「とはいえ高校か……何もかもが懐《なつ》かしいふも。ぼくはふわふわ国防高校の出身なんだけどね」

ふわふわ国防高校。メープルランドでも名高い、軍直属のエリート学校である。いすずの通っていた近衛《このえ》幼年学校は、地上界での中学校にあたり、卒業後のおもな進路のひとつとして『ふわ高』が知られている。

いすずは成績優秀《ゆうしゅう》だったことから飛び級で近衛士官学校に入ってしまったので、ふわ高には通ったことがないのだが——

「厳しい毎日だったふも。全寮制《ぜんりょうせい》でね。先輩のしごきとか、半端《はんぱ》じゃなかったなあ。朝は五時半起床《きしょう》。ベッドメイクがいい加減だったら、容赦《ようしゃ》なく鉄拳《てっけん》制裁だったふも」

また思い出話が始まった……といすずはげんなりした。

「そうだったみー？　ボク、パーク《こっち》に来てモッフルと出会ったから、よく知らないんだみー」

「軍にいたことは知ってるふも？　マカロンともそのころ会ってね。ぼくは将校、あいつは下士官だったふも。『スイート・ストーム作戦』のときに、狙撃兵《そげきへい》のあいつが……いや、まあいいや。とにかくマカロンがぼくに敬語使ってたなんて、ケッサクだよね。いまでは考えられないふも」

そのあたりの話は初耳だった。いすずとしてはもっと聞きたいところだったが、ティラミーはすぐに高校時代の話に切り替えてしまった。

「みー。なんか、その高校で楽しいことあった？」

「いや、全然。しんどいことしか覚えてないふも。連帯責任で殴《なぐ》られたり、落ちこぼれの面倒《めんどう》で苦労したり。灰色の三年間だったふも」

「ふーん……女の子とかは？　なにかあったみー？」

「ないふも。そもそも女子はいなかったから。楽しいことは……そうだなあ。外出許可の出た日に買い食いしたことくらいふも」

「つまらない青春だみー」

「もっふ。……でもねえ、『美しい青春』なんてドラマの中だけだよ？　うまくいかないことだらけ。地味な毎日。暗くて鬱屈《うっくつ》しているのが青春なんだと、ぼくは思うふも」

「そういうものかみー？」

「そういうものだふも」

妙《みょう》に分別くさい顔で、モッフルは腕組《うでぐ》みしてうなずいた。

いすずは咳払《せきばら》いして、書類の束を机にこつこつと叩《たた》きつけた。

「哲学《てつがく》的な話題はさておき……あした一日問題がなければ、今後は他のキャストにも代役を頼《たの》みながら継続《けいぞく》していくことになるわ。頼むわね、モッフル卿」

「だから任せろって言ってるふも」

モッフルはふんと鼻を鳴らした。

「明日はわたしも登校するから」

「勝手にするふも」


翌日——

さすがにモッフルは、可児江西也の替え玉をそつなくこなした。

要はむすっとして、誰《だれ》からも話しかけづらいオーラをまとっていればいいのだ。思った通り、友達いないみたいだし。マカロンほどのニコチン中毒ではないので、タバコは放課後まで我慢《がまん》できそうだった。授業は少々退屈《たいくつ》ではあったが、たまの気まぐれで放送大学の番組を見るくらいのおもしろさはあった。

なにしろ『ふわふわ高は、不破のふわ！　決して心は破れない！』だのと歌いながら毎朝一〇キロ走らされていた身としては、こんな普通《ふつう》の高校、のんきなものなのである。

（もっふ。とはいえ……）

妙だった。

生徒たちの自分を見る目が、やたらと厳しい気がする。

『生徒たち』というか、おもに女子。

遠巻きに見て、ひそひそとささやきあう女子グループ。こちらに気づいて、ちょっと引いたように後ずさる女子。ただ通り過ぎるだけなのに、どこか冷たい視線を向けてくる女子。

（うーむ。変だふも）

この厳しい扱《あつか》いは、ただのぼっちキャラには成し得ないポジションではないか？

三時間目の教室移動の時には、隣《となり》クラスの女子――いかにも気が強そうなタイプの娘《むすめ》が、こちらにわざと聞こえるようにささやいていた。

『すごい神経よねー。あんなことして、平気で登校してくるなんて……』

周囲にほかの生徒はいなかったので、どうやら自分（西也）を差しているのは間違《まちが》いないようだった。スルーしてもよかったのだが、今後のためにも事情を聞いておきたいところだ。

モッフルはその女子生徒に歩み寄った。

「あー、すまんのだが……」

「な、なによ……？」

「いまっ『あんなことして』って言ったよな。俺のことか？　できれば詳細《しょうさい》を聞きたいのだが……」

ごく自然に、可児江西也らしくたずねてみる。だがその女子生徒は警戒《けいかい》もあらわに、身を硬くするばかりだった。

「し、知らない。土田さんに聞いてみたら？」

「土田？　だれ？」

「へえ、しらばっくれるんだ。やっぱ最っ低」

吐《は》き捨てるように言うと、その生徒は仲間と早足で遠ざかっていった。

「ふーむ……」

腕組みして、考える。

最っ低。それはほかでもない、可児江西也のことだ。あの小僧《こぞう》がこの学校でどう思われようが知ったことではないが、現状、座視するわけにもいかない。

なにか西也がやらかしたのだろうか？　いや、西也は案外、あれで真面目《まじめ》な奴《やつ》だ。すくなくとも『最っ低』な男ではない。

四時間目が終わって昼休みになると、すぐにモッフルはいすずを呼び出して校舎裏で相談することにした。

「というわけで、微妙《びみょう》にぼくを見る目が厳しい気がするんだけど……なにか心当たりはないふも？」

「ええ。その。まあ……」

いすずの返事は歯切れが悪かった。

「なにその返事？　きっちり話すふも。そうじゃないと、ぼくも仕事ができないよ」

「…………」

「あー、もうしょうがないふも。西也に電話するふも。このままじゃ、らちが明かないし――」

「待って」

スマホを取り出したモッフルを、いすずが制止した。

「……実は」

「もっふ。実は？」

「……可児江くんは知らないことよ。わたしが替え玉を担当した初日から、ややこしいことになっていて――」

いすずは説明した。

初日に自分がラブレターをもらったこと。

翌日のマカロンと、その次の日のティラミーが、何かをやらかしたっぽいこと。

そしてきょう、登校してきたいすずが、西也の悪い噂《うわさ》を聞いたこと。

「詳細はわからないわ。とにかくその土田という子に、あなたがひどいことをしたらしいの。わたしなりに聞き回ってみたけど、その見解は様々よ——」

いすずが聞いた話は、まさしく様々だった。

土田香苗を押し倒《たお》した。土田香苗を触手責《しょくしゅぜ》めでぬるぬるにした。土田香苗を薬漬《くすりづ》けでダブルピース状態にした。土田香苗を妊娠《にんしん》エンドにして幸せそうにお腹に耳をあてたりした。あれやこれや。

「いずれにしても、言語道断のふるまいだったようね」

「なにをどうやったら、わずか一日で妊娠エンドになるのかわからないけど……とにかくただ事じゃないふも」

「マカロンはまあ……あれで落ち着いてる人だから。たぶん直接の原因はティラミーね」

「あのクソ犬！　次に会ったらイヤというほどタマネギを食わせてやるふも！」

「わたしにも責任はあるわ。土田香苗の件を報告していなかったから……」

「もっふ！　確かに、いすずらしくもないふも。いったいなぜ——」

「うっかりしていたのよ」

「ラブレターなんてレアなイベントを？　それはいくらなんでも――」

「うっかり、していたの」

スカートの中に手を突《つ》っ込み、ずいっと脅《おど》すような目で迫《せま》ってきた。モッフルは気圧《けお》され、それ以上の追及はしなかった。

「ま……まあ、いいふも。それより、対策を考えないと。これじゃ、明日《あした》から西也の居場所がなくなってしまうふも」

「これまでも居場所はなかったから、たぶん……大丈夫《だいじょうぶ》じゃないかしら」

しれっとひどいことを言う。

「本当に責任感じてるふも？」

「もちろんよ。でもこの数日間、可児江くんときたら休みのおかげで少しだらしないし。夜は姫殿下《ひめでんか》とまったりお茶して……なんとなくこのままでもいいような気さえするわ」

「おい」

「それはともかくモッフル卿《きょう》、可児江くんの姿でそのしゃべり方だと、妙にいらつくわ。なんとかならない？」

「おまえ、絶っっ対、反省が足りないふも……」

「……これでも取り乱しているのよ。対策がまったく思いつかなくて、困り果てているの」

いつもの無表情で淡々《たんたん》と言う。

だったらもう少し、落ち込んだりあわてたり、それらしい仕草を見せたらどうなのか。しおらしく泣いて見せろとまで言わないが……いや、もともと千斗いすずはこういう娘だった。

こうなったら一度、いすずが直接その土田という娘に接触《せっしょく》して事実関係を確認《かくにん》し、その上で謝罪するなりなんなりの対応を考えるべきだろう。

モッフルがそう提案しようとしたその矢先。

「可児江くん⁉　ここにいたのね⁉」

数人の女子生徒が校舎裏にやってきて、その中の一人がそう叫《さけ》んだ。

来たのは四人だった。

どれもモッフルは知らない顔だ。叫んだのは気が強そうなセミロングの髪《かみ》の娘だった。

(あれは二年五組の寺野さんね。一部の女子グループのリーダー格よ。その後ろでおどおどしているのが、問題の土田香苗。ほかは寺野の取り巻きかしら)

いすずがモッフルに耳打ちした。

（説明サンクス。っていうか、これはヤバい雲行きふも……？）

（どうやらそのようね……）

いすずの補足によれば、寺野と土田のほかの二人の名前は山本《やまもと》と佐々木《ささき》だった。わりとモブっぽい容姿なのに、よく覚えているものだ。人の名前を覚えるのが苦手なモッフルは、三秒後には忘れてしまった。

とにかくこの場の主導権を握《にぎ》っているのは、寺野という女子のようだった。

モッフル（西也）の前に立ち、寺野が言った。

「あたしのこと覚えてる？　一年の時、同じクラスだった寺野睦美《むつみ》だけど」

「あ……ああ、うん。もちろん」

「やっぱりあんた、うそつきね」

「？」

「あたし全然、別のクラスだったから」

「うぐ……」

さしずめこれは軽いジャブか。この女、全力で喧嘩《けんか》腰《ごし》である。

「あんたにとっては、あたしなんかどうでもいい相手なのかもしれないけど。それでも許せないわ。あんた、土田さんを傷つけたでしょう？」

「えー。もっふ。それは……手続き上の支障が原因というか……」

「あたしは全部聞いたわよ？　どういうつもりなの？　え？」

「えー。もっふ。まあ、なんと申しますか。訴状《そじょう》を吟味《ぎんみ》するまでは、コメントは差し控《ひか》えさせていただきたいと、こう思うのですが……」

「ふざけないで！」

あたりの空気がぴりりと震《ふる》えるような、強い声だった。モッフルですらぎょっとしたし、周囲の女どもは背筋をぴんとして息をのんだりしていた。

「土田さんが難しい立場だったの、知ってたんでしょう？　だっていうのに、遊び半分でいやらしいことしようとして……！　信じられない！　彼女、真剣《しんけん》だったんだよ⁉　そうやって、そこの女もたらしこんだわけ⁉」

『そこの女』とは、いすずのことだろう。どうやら『可児江西也の愛人A』みたいな扱いのようだったが、とりあえずいすずは何も言わずに様子を見守るつもりのようだった。

「あー……。彼女はバイト先の同僚《どうりょう》で――」

「そのバイト先で仲良くなったわけね？」

「いや、別にそういう関係では――」

「そうやって言い逃《のが》れるんだ？　ほんと、最っ低。みんな、真面目にあなたのこと考えて振《ふ》り回されてたのに。木村くんなんて、ショックで寝込《ねこ》んで休んでるくらいなんだよ？」

「き、木村……？」

また知らない名前が出てきた。勘弁《かんべん》してくれ！

そこで土田香苗がおずおずと口を挟《はさ》んだ。

「て、寺野さん……あたし、そんなに気にしてないから。あんまり可児江くんを責めたら悪いし……」

「はあ!? 土田さん、なに言ってるの!? きのう、この男にひどいことされそうになったんでしょ!? みんな一生懸命《けんめい》だったのに、こいつだけデタラメなことして！ しかもこの女とか、シーナとかいう奴までいるのに、三つ股《また》かけようとしてたって！ そんな男許せないじゃない！」

寺野がまくしたてると、残りの二人（名前は忘れた）は『うんうん』とうなずいた。

「えーと……シーナ？」

「一年の中城椎菜よ！ ちゃんと調べてあるんだからね!?」

「うーむ、椎菜か……」

ティラミーよ。もし椎菜に手を出そうとしたのなら、ぼくはちょっとマジでブチ切れるふも（お父さんの代理的な意味で）。……でも考えてみたら、先週『さべーじ』で飲んでたときに、椎菜との関係はあいつに話した。さすがにティラミーとて最低限の分別はある。それにパークの歌手としてデビューを控えている娘《こ》に、そういうことはしないだろう。つまり、あいつが椎菜をどうこうしたとは考えにくいのだが……。

「それは、なにかの間違《まちが》いでは？」

「間違いなわけないでしょ⁉　土田さんから聞いたんだからね。人気のないところに土田さんを連れて行って、すでに調教済みの中城椎菜と共謀《きょうぼう》して、いろいろひどいことをしたって！」

「あ、あたしそんなこと言ってないよ……」

「土田さんは黙《だま》ってて！　要約すればそういうことでしょ⁉」

焦《あせ》る土田に、寺野がぴしゃりと言った。

（もっふ……）

なんとなくだが、モッフルは相手グループの人間関係を理解した。

リーダーは寺野。その取り巻きの女子が二人。そして土田は、やや弱い立場。彼女の証言にいきりたった寺野が、話をどんどん大きくしている構図か。しかもお互《たが》い『さん』付けなので、寺野と土田の関係は案外浅いと見える。

それほど親しくない土田のために、ここまでガンガン文句を言ってくるということは

——この寺野、むしろ自分のリーダーシップを発揮するためにこの状況《じょうきょう》を利用していると もいえるのではないか?

(まあ、だからと言ってなにかつけ込めるとも思えないけど……)

思った通り、釈明《しゃくめい》するかのように土田が言った。

「あ、あたしは途中《とちゅう》で逃《に》げ出したし、あのときの可児江くん、ちょっと変だったし……」

「そんなの、思いこみじゃん! それにこの千斗って女から下品なメールが来たんでしょ? 今晩、たくさんいやらしいことをして盛り上がろうって――」

「冗談《じょうだん》じゃないわ」

そこでさすがに耐《た》えきれなくなったのか、いすずが言った。

「女神リーブラに誓《ちか》って、わたしは可児江くんとそういう関係じゃない。もしあなたがそんな話を聞いてるなら、そこの土田とかいう女が嘘《うそ》をついているのよ」

押し殺したいすずの声を、寺野はあざ笑った。

「はあ? あんたバカじゃない? 可児江くんの女が何言ったって、信じてもらえるわけないでしょ? っていうかリーブラってなに?」

「ならば教えてあげる。リーブラの怒《いか》りを、思い知らせてやるわ……」

マスケット銃《じゅう》を取り出そうとしたいすずを、モッフルが押しとどめた。

「やめろって」

「でも、将軍」

「やめろって言ってるふも」

台詞《せりふ》だけだと違和《いわ》感がないが、スカートの中に手を突っ込んだいずを、モッフル（西也）が止めている図式である。寺野たちはますます混乱しているようだった。

「と……とにかく、あんたは彼女の真心を踏《ふ》みにじったんだから！　謝りなさいよ！」

「ごめんなさい（ふも）」

モッフルはすぐさま頭を下げた。西也の姿なのでまったく抵抗《ていこう》がなかった。

「それくらいじゃ誠意が伝わらないでしょ⁉　土下座しなよ！」

「はい。この通り（ふも）」

モッフルはすぐさま土下座した。西也の姿なので、やはり抵抗がなかった。

「彼女は想《おも》いをけがされて、深く傷ついたのよ⁉　二度と土田さんに近づかないで！」

「うん、近づかない（ふも）」

はいつくばったまま、こくこくとうなずく。西也の姿なので、ちっとも抵抗がなかった。

あー。なんか、もう。

惚《ほ》れた腫《は》れた、誠意がどうとか、ぜんぶまとめて爆薬《ばくやく》で吹《ふ》き飛ばしたい気分になってきた。

　そこに追い討《う》ちがかかる。

「どうせ上《うわ》っ面《つら》だけの反省でしょ⁉　恋愛《れんあい》ってものをバカにしてるの⁉　あたしはだまされないからね！」

　寺野が眼前に立ちはだかった。後頭部を踏みつけんばかりの勢いだ。つま先があげた土《つち》埃《ぼこり》が、肉じゅばんの後頭部にかかった。

　西也の姿だが、さすがにそろそろ我慢《がまん》の限界だった。

「っ……調子に乗るな、このメスガキが！」

「あっ……」

　脚《あし》を払《はら》って立ち上がり、転んだ寺野に怒鳴《どな》りつける。

「黙って聞いてりゃ、想いだの真心だの……安っぽい言葉を使うんじゃねえふも！　……はっ！　愛⁉　恋《こい》⁉　おまえごときガキに、愛のなにがわかるのか。笑わせるんじゃないふもよ！」

「将軍、落ち着いて」

「うるせ――――っ！　言ってやるふもよ！」

　今度はいすずが制止するが、モッフルは彼女の手をふりほどいて、啞然《あぜん》としている寺野たちにどやしつけた。

「友達ごっこの延長でちょっとつきあって、傷ついただの傷つけただの……おまえら、人生ナメてるふも!? 『土田さんのためにここまで怒《おこ》れるあたし、カッコいい〜〜!』とか思ってるんだろ!? ふ・ざ・け・ん・な!!!!!!」

そばの植木を、両腕《りょううで》から生成した真空斬《しんくうざん》で三つに刻み、モッフルは叫《さけ》んだ。こんな技《わざ》使ったことがなかったが、なんだかノリと勢いで出来てしまった。まあ、誰《だれ》でも怒った時にはよくあることだ。

「おまえらがやってるのは、所詮《しょせん》! 恋愛ごっこふも!」

「ちょっ……」

「本気の恋の辛《つら》さ、苦しさが——おまえらにわかるふも!? いーや、わかるわけがない! たとえば……一〇年以上惚れてた女が、大嫌《だいきら》いな男の嫁《よめ》になった新婚《しんこん》初日!! どんな気分かわかる!? のたうち回ったよ! 苦しみ抜《ぬ》いたよ! でも耐えるしかない! つらいけど誰にも言わなかったよ! しかも、あまつさえ、ぐっとこらえてさらに十数年! その惚れた女から、『娘を頼《たの》む』と言われた男の気持ちとか、ちょっとでもわかる!? いーや、わかるわけないふも!」

逆ギレでまくし立てる。寺野たちはぽかんとしていた。

「それって、妃殿下《ひでんか》のこと……？」

いすずに聞かれ、モッフルははっと我に返った。

「う、うるさい！　たとえ話ふも、たとえ話！」

なんだかもう、自分でもわけが分からなくなってきた。とにかくこれ以上、こんな茶番に付き合うのはまっぴらごめんだった。

「メスガキども！　西也を悪者にしたいのなら、勝手にするがいい！　まあどうせ西也だし！　でもこれだけは予言しとくふも！　てめーらは、ろくな男と結婚《けっこん》しない！　断言できる！　二〇年後くらいにこの言葉を思いだし、苦い気持ちで噛《か》みしめるがいい！」

あまりといえばあまりの暴言。しかも演技を完全に忘れているので、その場の女性陣《じん》は困惑《こんわく》するやら怒るやらだった。『なんなの、こいつ……？』だとか『ちょっとマジで引くんだけど……』だとかささやきあっている。少なくとも、反省したり共感を示してくれる様子ではない。

後ろでいすずが、暗い声で『終わったわ……』とつぶやいていた。もはや西也の学校内での評判を取り戻《もど》すことは、絶望的だ。

「そう……もういい。とにかくあんたが、クズ野郎《やろう》だってことはよくわかったから」

寺野たち女子グループが呆《あき》れかえった様子で、そう告げて去ろうとしたとき、新たに男子生徒が一人、その場に現れた。

「あー、すまない！　ちょっと待ってくれないかな」

モッフルは知らない、二年の男子だ。いすずは心当たりがあるようだったが、よく知る相手ではないようだった。

「木村くん？　休んでたんじゃないの？」

寺野が言った。

その男子――木村某《なにがし》はおそらく走ってきたのだろう。モッフル（西也）のそばまでくると、肩《かた》を大きく上下させてかがみこんだ。

「いや……いろいろややこしいことになってるんじゃないかと思ってさ……。思い直して、さっき学校きた。それで、みんなが直談判《じかだんぱん》するって聞いて……」

息を整えると、木村は一同に向かって、ぱちんと手を合わせて頭を深々と下げた。

「みんな、ごめん!!」

「ちょっと。なんで木村くんが謝るの？」

「可児江は……可児江は。俺のために滅茶苦茶《めちゃくちゃ》やってたんだ！」

「え？」

「支離滅裂《しりめつれつ》なこと言ったり、女子にいやらしく迫《せま》ったり……それで、土田さんにわざと嫌《きら》われて、元の話に戻そうとしたんだよ。なあ、そうだろ、可児江？」

　急に水を向けられて、モッフルはしばし唖然とした。

「ふも？　ええと……」

「そうだよな、可児江？」

「あ……うん。まあ……」

「本当、すまなかった。まさかこんなことになるなんて……」

　木村はため息をつき、モッフルの肩に手を置いた。

「おとといの夜、可児江に相談したんだよ。なんだか土田さんの気持ちが変わってきちまったみたいだ。どうしたらいいだろう……って。そしたら可児江は『だったら俺が彼女に嫌われればいい。簡単だ』ってさ。だからって、無茶しすぎだよ。あんなことして、どんなひどい噂《うわさ》が流れるか……。なあ、寺野？」

　木村にちらっと見られて、寺野は気まずそうに目をそむけた。校内の噂の出所は、それだけでモッフルにもおおよそ見当がついた。

「でも俺、あれから考え直してさ。そんな風に可児江に頼《たよ》るとか……やっぱりカッコ悪いだろ？　土田さんにもみっともないところ、散々見せちまったし……。だから俺、全部忘れることにするよ。それで土田さんにふさわしい男になるように、これからがんばる！

だからさ、寺野……」

「う、うん……」

「ここは穏便《おんびん》にすませてくれないかな。おまえには本当に迷惑《めいわく》かけちまったけど……」

なぜだかわからなかったが、木村の言葉には妙《みょう》な重みがあった。

彼の頼みをこの場で断る理由など、寺野にはない。土田の顔も立てている。まさしく降ってわいたように、八方丸く収まるムードになってしまった。

「あ、あたしは……木村くんと土田さんがそれでいいなら、何も言うことはないけど……」

「ありがとうな。土田さんはどう？」

「え？　あ……うん。あたしも……木村くんがいいなら……」

それぞれの当事者がうなずくと、最後に木村はモッフル（西也）といすずにもう一度頭を下げた。

「そういうわけだ。可児江、千斗。おまえらがバイト先の同僚《どうりょう》ってだけなのはよく分かってるから。変な誤解をさせちまって、すまなかった！」

木村は『あわてて来たけど、やっぱりちょっと体調が悪い』と一同に告げて、校舎裏を立ち去った。

すこし離《はな》れた非常階段の上に移動して、こっそりと様子をうかがう。

いきなり問題が片づいたことに困惑しながらも、寺野たち女子グループや可児江西也、千斗いすずは、それぞれ形ばかりの謝罪を口にしてから、五時間目に備えて散っていった。

「やれやれ。これでいちおう、収まるかな……？」

つぶやくと、その場で待っていた一人の女子――中城椎菜がうなり声をあげた。

「うーん。椎菜にはなんとも言えません。ただ……先輩の演技はお見事でした」

「ふん。昔とった何とやら、だ」

言うと、『木村』はマスクを脱《ぬ》ぐように、頭をすっぽり脱ぎさった。中から現れたのは、ほかでもない可児江西也だった。

西也は脱ぎ去った『ガーリーの肉じゅばん』、木村を模したマスクを、不愉《ふゆ》快《かい》そうに見つめた。

「急ごしらえだったが、まあバレずに済んだ。まったく、モグート族の連中の腕前《うでまえ》は大したものだ」

西也が事情を把握《はあく》した今朝から、発注してわずか二時間。全身ではなく、頭部だけのモデリングではあったが、このスピードは驚異《きょうい》的ともいえる。頭だけのおかげで、余っていた素材がぎりぎり足りたのも幸いだった。

「魔法《まほう》の肉じゅばん……ですか？　説明されて、ここ数日の先輩の奇行《きこう》にはすべて合点《がてん》がいきましたけど。なんだか最近、多少のことでは驚《おどろ》かなくなってきた自分に、むしろ驚いてます……」

「おまえは適応力がある方だと思うぞ、中城」

西也が意地悪く笑うと、椎菜は目線をそらした。

「か、からかわないでください……」

「とにかく助かった。時給を上げてやりたいところだが……まあ、そのうちな。後でなんか奢《おご》ってやるから、それで我慢してくれ」

「はあ……」

気のない返事。とはいえ気軽に時給を上げてやるわけにはいかない。一度上げてしまったら、下げるのは容易ではない。そこはきっちり、ケチくさくいかないと。

西也が異常に気付いたのは、昨夜遅《おそ》くのことだった。

まったくの偶然《ぐうぜん》だ。中城椎菜のＣＤ収録のスケジュールについて、二、三確認《かくにん》しておきたいことがあったから、彼女に電話をした。そうしたら椎菜の反応が不自然だったので、問いつめた。聞けばその日、学校で自分が『知らない二年の女子とイチャイチャしていた』

とのことだった。

ちょうど帰ろうとしていたその日担当のティラミーを締《し》め上げ、前日のマカロンにも話を聞き、事情を把握した。いすずも問いつめようかと思ったが、あえてそれはしなかった。彼女が替《か》え玉を務めた初日の問題も、おおよそ察しが付いたからだ。

さて、困った。

翌日、自分（というかモッフル）はおそらく寺野一派から糾弾《きゅうだん》されるだろう。その後学校内での立場の悪化は、想像するに難《かた》くない。確かに友達は全然いないが、居心地《いごこち》が悪くなるのもイヤだし――

そういうわけで、一計を案じた。

早朝、通学中の木村を待ち伏《ぶ》せ、協力を要請した。具体的には『人生でいちばん恥《は》ずかしい思い出は？』と質問して、例の魔法でその答えを読みとった。申し訳ないが、ゆっくり説得する時間がなかったのだ。

おかげで木村は数十枚の顔写真を撮《と》ることと、学校を休むことを快諾してくれた。

顔写真のファイルを送って、待機してもらっていたモグート族がさっそく木村の着ぐるみの製作にかかる。それからわずか数時間。着ぐるみを受け取り、なんとか昼休みには間に合った。

事前に頼《たの》まれていた椎菜から、『みなさん、校舎裏に集まってますよ』と報告され、どうにかぎりぎりで駆《か》けつけることができた。

あとは先刻のホラ話で、とりあえず問題解決である。

「でも、可児江先輩……」

ちょっと口ごもりながら、椎菜が言った。

「なんでモッフルさんといすず先輩に、秘密にしておくんですか？　椎菜はてっきり、寺野さんたちがいなくなってから、『ばあ！』って着ぐるみを脱いで、ものすごく厳しく怒《おこ》るんだと思ってました」

「それも考えたんだが……」

西也は難しい顔をした。

もちろん替え玉連中の暴走には腹が立つ。他人事《ひとごと》だからって、なんて勝手な真似《まね》をしてくれやがったのだ、とも思う。だが、女子グループの前であれこれやっているモッフルたちを見ていたときは、不思議と腹が立たなかった。むしろ『すまないな』という気持ちだった。

「まあ……わざわざ自分の替え玉をやってくれているんだ。怒るのも筋違《すじちが》いだろう？」

建て前ではなく、本心からそう言った。

すると椎菜はぽやんとしたあと、なんともいえない、悲しいようなおかしいような顔をした。

「先輩。それ、ヤバいです」

「？」

「口止めされたから言いませんけど……いつかモッフルさんたちに、この話がしたくなりました」

なにを言っているのだ、この小学生は。話聞いてたのか。

「おい、それじゃ口止めにならんだろう。言うなよ？」

「でもでも、どうせそのうちバレますよ。マカロンさんとティラミーさん、それにモグート族の皆《みな》さんも知ってるんですから」

「うーむ……。確かに時間の問題ではあるが。こういう形で恩を着せたくないのだ。とくに千斗とモッフルには」

「はい。椎菜は黙《だま》ってます。ご安心ください」

「本当か？　頼むぞ？」

「はい……！」

なぜこいつは、そんな嬉《うれ》しそうな顔をするのか。

西也は例の魔法でその心の中を覗《のぞ》いてみたかったが、いつもの『グレネード弾《だん》のルール』でやめておいた。

●

その晩——

いすずが引き継《つ》ぎのために空中庭園を訪《おとず》れると、ここ数日と同じように、西也とラティファがのんびり歓談《かんだん》していた。

「失礼いたします、姫殿下《ひめでんか》」

「あ、いすずさん。聞いてください、おかしいんです」

上品に笑いながら、ラティファが言った。

「可児江さまったら、パンケーキを召《め》し上がるときにイチゴジャムを瓶《びん》の半分くらい使ってしまうんですよ。そんなにイチゴジャムがお好きなんですか？」

「ん……まあ、好物といえば好物だが。変か？」

西也はきょとんとしている。

「ええ、変です。それでは、いくらジャムがあっても足りません」

「うーん……確かに、三日に一瓶くらいは空にするかな。いや、たまに近所のスーパーで特売するから、その時にまとめ買いする感じなんだが……」

「じゃあ、今度わたしがお作りして差し上げます」

「おお。それはありがたいな」

「おやすいご用です。甘い方がお好きなんですよね？」

「そうかな……うん、甘い方が好きだ」

「はい、かしこまりました。うふふ……」

ラティファがあんなふうに笑うのを、いすずは滅多《めった》に見たことがない。すこしかしこまって、でも心地《ここち》よさそうで、ほんのりと暖かい微風《びふう》を受けているような——

「そんなにおかしいのか？　変な奴《やつ》だな……」

西也も同じだった。やさしい横顔だ。いすずは彼が仕事に打ち込んでいるときの、真剣《しんけん》な横顔ばかり見ている。

「それで、用件はなんだ？」

くすりと笑ってから、彼がいすずを見た。

「替え玉作戦の引き継ぎよ。忘れているでしょうけど、明日《あした》はあなたが登校する日だから」

「おう、そうだった。問題はなかったか？」

「……ええ。いちおう。安心して孤独《こどく》な学校生活を楽しんできなさい」

つい、声に険がこもる。

自分の不手際《ふてぎわ》から始まるゴタゴタのことをどう報告すべきか、いすずはずっと迷っていた。きょうは木村の登場で丸く収まったものの、一歩間違っていれば難しいことになっていたところだ。

だが、もう報告する気はなくなってしまっていた。

たしかに落ち度はあったが、こちらはこちらで大変だったのだ。それをこんな調子で、姫殿下とのんきにイチゴジャムの話をしている彼に、なぜ頭を下げなければいけないというのか。

腹が立つ。同時に、罪悪感も覚える。

「ふむ……」

西也はのんきな微笑《びしょう》を浮《う》かべたまま、すこし沈黙《ちんもく》した。いすずはその様子に奇妙《きみょう》な違和《いわ》感を覚えたが、それ以上詮索《せんさく》する前に、彼がからっと宣言した。

「けっこう。では、来週もこの調子で頼むぞ！」

肩《かた》から力が抜《ぬ》けていくのを感じながら、いすずは歯切れ悪く答えた。

「可児江くんがそれでいいのなら……」

「もちろんだ。バイトをしながら単位も取れる。いいことずくめだな！　クックッ……」

「もう、可児江さまったら……。勉強についていけなくなっても知りませんよ？」

やたらと邪悪《じゃあく》に笑う西也を、ラティファがたしなめる。小さな仕草でいすずに椅子《いす》をすすめ、用意していたカップにお茶を注ぐ。

「心配無用だ。なにしろ俺は頭がいいからな」

「勉強だけじゃありません。モラルの問題です。だってインチキみたいなものなんですから。あまりうるさいことは言いませんけど――」

ラティファが言いよどんだ。ポットを持つ手が震《ふる》え、お湯がこぼれる。

「言いません――けど――」

「姫殿下？」

「ラティファァ？」

ラティファがポットを取り落とし、テーブルに突《つ》っ伏《ぷ》した。がちゃんと激しい音。倒《たお》れたポットは割れなかったが、熱湯がこぼれてマットやコースターを濡《ぬ》らした。

「おい――」

「殿下!?」

いすずがあわてて彼女を助け起こし、西也がナプキンで卓上《たくじょう》のお湯を拭《ふ》いた。

「すみません……大丈夫《だいじょうぶ》……です」

ラティファが言った。浅い息だった。

「いや、だが――」

「本当に、大丈夫です。その……珍《めずら》しいことじゃ……」

無理して笑顔《えがお》を作る。その仕草がむしろ痛々しかった。

「ただのめまいです。頭がフラフラして……力がなくなって……」

「とにかく横になれ。あっちのベンチに――いや、それより寝室《しんしつ》の方がいい。どっちなんだ？　よくわからん。あー、くそっ！」

「こっちよ」

空中庭園に隣接《りんせつ》するペントハウス状の部屋で、ラティファは寝起《ねお》きしている。上層部のテラスから、ガラス戸を通って入ったシンプルな寝室だ。西也が抱《だ》き抱《かか》え、いすずが先導し、寝室のベッドに彼女を横たえる。

「すみません……どうも……お恥《は》ずかしいところを……」

「どうでもいい。休んでいろ」

「はい。そうさせて……いただきます」

その後、西也は『パークの保健センターに連絡《れんらく》しよう』と言い出したが、この時間で詰《つ》めているキャストはいない。救急車を呼ぶとまで主張したが、ラティファが何度も『大丈夫ですから』と繰《く》り返したので、西也はようやく思いとどまった。

「わたしが見るから。男の人は外に出て」

いすずにそう言われては反論もできない。西也はおとなしく空中庭園に戻《もど》っていった。

ブラウスの前をゆるめて、楽な格好にしてあげると、やがてラティファは悲しそうに笑った。

「ごめんなさい、いすずさん……」

「なにを仰《おっしゃ》います。いまは季節の変わり目ですし、どうかゆっくりとお休みください」

「ええ……。でも、誰《だれ》にも言わないで」

「もちろんです。ご安心ください」

「おねがい……」

ほっそりとした指が、いすずの手をきゅっと握《にぎ》る。

ご不安なのだろう。おいたわしい。僭越《せんえつ》とは思いつつ、肩をさすって差し上げる。

「ありがとう……」

メープルランドの王宮を模した様式の寝室で、三〇分くらいそうしていただろうか、ラティファはそのまま寝入ってしまった。力の抜けた指をそっと離《はな》し、衣擦《きぬず》れの音に気を遣《つか》いながらベッドを降りる。

忍《しの》び足で庭園に戻ると、腕組《うでぐ》みした西也の後ろ姿があった。

展望スペースからパークを見下ろし、無言で、ぴくりとも動かない。

「お休みになったわ」

告げたが、西也はしばらく返事をしなかった。なにかを深く考えているようだ。彼はたまに、あんな背中を見せる。やさしい言葉をすべて拒《こば》むような、峻厳《しゅんげん》なあの背中――

「例の呪《のろ》いのせいか？」

彼が言った。

「ええ。去年も何度かあったわ。でも今年は……」

「増えている？」

「……ええ」

「どうやら、動員数だけじゃ足りないみたいだな」

陰鬱《いんうつ》な声で西也は言った。

「根本的な問題を解決しなけりゃ、俺は安心できそうにない。だが……どうしたらいいのやら。見当もつかん」

ため息。

いすずがかつて聞いたことがないほど、とても重たいため息だった。

●

『いやというほどタマネギを食わせる』という宣言に従い、モッフルはティラミーを居酒屋『さべーじ』に連行し、肉じゃがを三人前、軍鶏《シャモ》のたたき（付け合わせが新タマネギ）を三人前注文した。

「さあ、食べるふも！　このクソ犬！」

堂々と宣言すると、ティラミーは眉《まゆ》をひそめた。

「えー？　もしかしてあれだみー？　犬にタマネギ食べさせるとヤバいっていう……」

「その通りふも。だから食え。食って生き残ったら、おまえを許してやるふも。死ねばそこまでのクソ犬。そういうことで終了《しゅうりょう》。それくらい、ぼくは怒《おこ》っているんだふも!!」

「みー」

泣いて命乞《いのちご》いするかと思っていたのに、ティラミーは割り箸《ばし》をパチンと割って、猛烈《もうれつ》な勢いで肉じゃがを食いはじめた。もちろんタマネギも込みである。

「はふっ、はふっ……うまい。うまいみー」

「え」

続いて軍鶏のたたき（新タマネギ込み）をニンニク醤油につけて、もぐもぐ口に運んでいく。

合計六人前をすべて胃袋《いぶくろ》に流し込んでから、ティラミーは『ぷはー』とため息をついて、ジョッキのハイボールをぐびぐびと飲んだ。

「タマネギこわい。うーん、今度は酒がこわいみー」

「…………。ああ、平気なのね。つまらんオチだふも……」

肩を落としたモッフルの横で、マカロンがのんきにビールを飲む。

「なにしろ僕たちは妖精《ようせい》だからね。あんまり犬だとか羊だとか関係ないろん」

「まあ、そうだけど……」

「だいたい、こないだはみんなでジンギスカン食いにいったろん?」

「ああ。羊肉ふもね……」

「マジメに考えてたら共食いになっちゃうろん！　プー、クックック！」

おかしそうに笑い、焼き鳥をもぐもぐとかじる、羊型のマスコット。なんだか、どこからどうツッコめばいいのかわからない光景である。

「さて……ティラミーの制裁はさておき。今回の反省会なんだふも」

気分を入れ替《か》え、モッフルは宣言した。

「みー。今回って？」

「決まってるふも。西也の替え玉作戦だよ。いろいろ偶然《ぐうぜん》が重なって助かったけど、本来なら悲惨《ひさん》な結果になっていたふも」

「ああ、それなら……」

マカロンが何かを言いかけ、すこし押し黙《だま》った。

「なにふも？」

「いや、なんでもないろん。そのうち話すよ」

「もっふ……？」

妙《みょう》な空気になったところで、スマホをいじっていたティラミーが言った。

「あ！　LINE《ライン》でミュースちゃんたち誘《さそ》ってたんだけど、いま来るって言ってるみー。ほかのメンツも一緒《いっしょ》らしいみー！」

ミュースはアトラクション『アクワーリオ』で働く水の妖精だ。最近、このアトラクションはめきめき人気を伸《の》ばしてきている。前から露出《ろしゅつ》多めのコスチュームだったのだが、三月にネットで流したPVの影響《えいきょう》で、そういう客層が増えてきているというのがもっぱらの噂《うわさ》だった。

そのミュースが、同じアトラクションの同僚《どうりょう》を連れてこちらに来るという。

「ほかのメンツって？」

「風の妖精シルフィーちゃんと、土の妖精コボリーちゃん、それから火の妖精サーラマちゃんだみー」

『あー……』

モッフルとマカロンは同時に微妙《びみょう》な声をあげた。

「どうしたみー？　みんなかわいい子だよ？」

「いや、シルフィーとコボリー、それにミュースはいいんだけどね……」

「サーラマはヤバいろん。あの女がいると、まともな話できないろん」

火の妖精たるサーラマの名前を出されて、ティラミーはきょとんとした。

「えー、どうして？　巨乳《きょにゅう》だし愛想《あいそ》いいし、すごいいい子なんだみー！」

「ええー!?　おまえ、忘れたろん!?　あの女、ツイッターで前にやらかしたんだろん……」

その件はモッフルも知っていた。

去年のことである。火の妖精サーラマはある客《ゲスト》――いささかマナーの悪かった家族客を、ツイッターで『公演中にうるさい、うぜえ、死ね』とクソミソに叩《たた》きまくった。その家族客の写真を、モザイクなしでアップして、『二度と来るな』とまで言い放った。

もちろん大炎上《えんじょう》である。

すさまじい勢いの抗議《こうぎ》メールがパークに殺到《さっとう》した。当時の支配人代行だったいすずが謝罪文を自社サイトにアップし、サーラマを停職にするとリリースして、どうにか沈静化《ちんせい》したのだが――

『炎上けっこう。なにしろあたしは火の妖精ですから』

停職を申し渡《わた》されたサーラマは、幹部一同を前にして平然と言い放ったのだった。

「反省ゼロだったふもねえ……」

「ああ、まったく反省してなかったふも……」

モッフルとマカロンは、短い腕《うで》を組んで『うんうん』とうなずいた。

「……客を殴《なぐ》ったことのあるぼくが言うのもなんだけど、あの女はヤバいふも。自分が正義だと思ったら、まるで人の意見を聞かないタイプだよ。なぜクビにならなかったのか、不思議なくらいだふも」

「僕も不思議だろん。なんとかご退場いただければいいんだけど……」

そこでティラミーが言った。

「ふ、ふたりとも。後ろに注意みー……」

見れば、座敷《ざしき》席の入り口に四人の美少女が立っていた。

困ったような笑顔《えがお》のミュースとシルフィー、コボリー。――そしてその後ろで、黙々《もくもく》とスマホに何かを打っている火の妖精サーラマだった。

「あのー、遅《おそ》くなりました。いま来たんですけど……」

四人を代表してミュースが言った。いまは地味な私服姿だ。

「お、おう……。よく来たふも。詰めろ詰めろ。……そっち座るふも」

三匹《びき》が席をあける。四人が座る。微妙に気まずい空気が漂《ただよ》う中、問題のサーラマは挨拶《あいさつ》もせずに、黙々とスマホを打ち続けていた。

「えーと……聞いてたろん？」

「まあ……はい。その……」

ミュースが答えた。

「え、えーと……他愛《たわい》のないバカっ話だふも。あまり気にしないで欲しいんだけど……」

「お断りします、モッフル先輩《せんぱい》」

と、サーラマが初めて口を開いた。

「不当な扱《あつか》いです。職場いじめです。これは糾弾《きゅうだん》するべきだと思いました。すでにテキストも打ち終わりました。内容を読みましょうか？」

「や、やめるふも」

千両

「……『職場の飲み会に来たら、モッフル、マカロン、ティラミーの三匹があたしの悪口で盛り上がってた。いい歳《とし》こいて恥《は》ずかしくないのだろうか。マジで気持ち悪い』……です。あとは送信ボタンを押すだけです」

まるで遠隔爆弾《えんかくばくだん》のスイッチのように、サーラマは自分のスマホを宙にかかげた。

「お、落ち着くろん。僕らが悪かった。ここはどうか――」

「条件を言うふも！　まずは交渉《こうしょう》を――」

「何度も言ってますが、あたしは火の妖精です。炎上上等。みなさんに思い知らせてあげますよ！」

「ふもー！」

ぽちっ。

その後は大騒《おおさわ》ぎだった。

送信を押してしまったサーラマ。まだ削除《さくじょ》が間に合うとばかり、とびかかるモッフルたち。スマホを奪《うば》い合い、テーブルをひっくり返し、どさくさでティラミーはほかの女子におさわりし、アイスピックで刺《さ》し殺されて、さらにドタバタし、このお座敷席がスマホの『圏外《けんがい》』だと判明するまで騒動《そうどう》は続いた。

魔《ま》法《ほう》の国へ行ってみよう

ある休業日、昼過ぎの執務室《しつむ》で――

「西也《せいや》。ハンコ欲《ほ》しいふも」

お菓子《かし》ハウスの補修計画書を差し出し、モッフルが言った。五月以降のリニューアル計画の洗い直しで煮詰《につ》まっていた西也は、イライラもあらわにモッフルをにらみつけた。

「なんだ、わざわざ。その辺の書類は千斗《せんと》に任せてたはずだぞ？　っていうか今朝から見かけないな……。なにやってんだ、あの秘書は」

「もっふ。いすずならきょうは出張みたいだよ？　表のホワイトボードに書いてあったふも」

「なに？　……あー、本当だ。気付かなかった」

執務室（というほど豪華《ごうか》でもないが）の入り口側、色あせたパーティションで区切った秘書席をのぞきこむ。奥の壁《かべ》のホワイトボードに、いすずのメッセージが書いてあった。

『本日出張。行き先：メープルランド元老院、イースズルハ元老議員事務所。帰りは明日《あした》』

そういえばきのう、いすずが何かを言っていた。パークの今後について、メープルランドの動向を探《さぐ》ってくるだのなんだのと。

「そういうわけで、ハンコちょうだい。きょうは仕事をさっさとすませて、駒沢《こまざわ》のコロッケ西郷亭《さいごうてい》に行かなきゃならないふも」

「そう言われてもな……。さっき言った通り、その辺は千斗に任せてるんだ。直接、あいつに確認《かくにん》とっておかないとハンコは押せん」

確かに自分は支配人代行で、権限そのものはあるのだが、勝手にハンコを押したら後でグチグチ責められるに決まっている。ただでさえ色々な問題でテンパっているというのに、さらにいすずの小言を聞くのはごめん被《こうむ》りたかった。

「明日じゃダメなのか？」

「ダメふも。モグートの連中にせっつかれてるし。今日中に提出したいふも」

「うーん……。だが千斗がいないのだから、どうしようもない」

「しょうがないふもねえ……」

モッフルはスマホを取り出し電話をかけた。相手はいすずのようだ。しばらく待ったが、ため息をついて電話を切る。

「つながらんのか」

「なんか、圏外みたいふも。どうもね……地上界と魔法の国は通信障害が多くて。こりゃ、西郷亭はあきらめるしかないか……。直接行って聞くしかないふもね」

「行くって、どこにだ？」

「決まってるでしょ。メープルランドふも」

「行けるのか」

「うん」

モッフルはわけもなく答える。

そういえば、曖昧《あいまい》に『魔法の国』だのと聞かされていたが、そのメープルランドとの行き来の方法は、まったく知らなかった。いままで疑問に思わなかったのが不思議なくらいだ。

「そのメープルランドは、俺みたいな一般《いっぱん》人でも行けるのか？」

さすがに西也も興味をそそられて、たずねてみた。

「うん。ぼくと一緒《いっしょ》なら行けると思うよ。……なんなら付いてくるふも？」

「いや、俺には仕事が……うーん、しかし、そうだな……」

実のところ、今日中にやらねばならない仕事は午前中に片づけていた。いろいろ思案に煮詰まっていたので、気分転換《てんかん》をした方がいいかもしれない。

「よし、行こう。一度くらい、どんなところか見ておいた方がいいだろうしな……」

「わかったふも。ついてきて」

西也は事務室の部下に席を外す旨《むね》を伝え、上着に袖《そで》を通してモッフルの後に続いた。

現実主義者の西也だったが、いまさら『魔法の国』の存在を疑ってはいない。このパークの地下に、超《ちょう》空間ゲートのようなものでもあるのだろうか？　もしくはなにかの魔法書を読み上げると、光に包まれて瞬間《しゅんかん》移動するとか――

「モッフルさん。例の書類どうなったもぐ？」

事務ビルの前で、モグート族の族長タラモが声をかけてきた。

「これからメープルランドに行って、ハンコをもらってくるふも。遅くなるけど、今日中には渡《わた》せると思うよ」

「よろしく頼《たの》んだもぐ」

「もっふ」

そのまま黙《だま》ってモッフルについていくと、彼は従業員用のゲートでタイムカードをパチンと押して、パークの外に出ていった。

そのまま、ララパッチのおまもりを身につけてからバス停へ。

待つことしばし、バスが来た。乗り込んでプリペイドカードで料金を払《はら》う。なんだか想像していたノリと違《ちが》うので、西也は困惑《こんわく》した。

「おい、モッフルよ……」

「なにふも？」

「メープルランドに行くのだろう？　なぜバスに乗る？」

「？　だって、バスに乗らないと駅まで遠いふもよ」

「いや、よくわからんのだが……。そもそも、その魔法の国へはどうやって行くんだ？」

「もっふ。ええとね……まず甘城《あまぎ》駅から稲葉堤《いなばづつみ》駅に移動して、そこでJR南武《なんぶ》線に乗り換《か》えるふも。それで武蔵小杉《むさしこすぎ》まで行って、東急東横《とうきゅうとうよこ》線に乗り換えて……」

「待て待て待て待て……！」

「なに？　南武線、嫌《きら》いふも？」

モッフルが眉《まゆ》をひそめる。

「そういうことではなく。メープルランドだろう？　魔法の国だぞ？　なんか、もっとこう、それらしい移動手段じゃないのか？　不思議なゲートとかテレポート魔法とか……」

「はっ、なにそれ？　ファンタジーだねえ。おファンタジアだねえ。どっかのラノベ？」

モッフルがせせら笑った。変な妖精《ようせい》のくせに。地味にムカつく。

「うぐっ……」

「とにかく、東横線に乗ったら横浜《よこはま》まで行くふも。それで……あー、もういいや。黙ってついて来るふも」

説明が面倒《めんどう》くさくなったのか、モッフルはそれきり黙り込んでスマホをいじりはじめた。もこもこの肉球でフリーセルをプレイしている。もう質問するのもバカバカしくなったので、西也は持ってきたタブレットPCで過去のパーク資料を読むことにした。

ほどなくバスは甘城駅に到着《とうちゃく》し、二人は東都線で二駅離《はな》れた稲葉堤駅に移動、それからJR南武線に乗り換える。平日の一五時くらいだ。車内は空《す》いていて二人ともまったりと座っていけた。

「もっふ……もっふ……」

武蔵小杉の三駅手前、武蔵溝《みぞ》ノ口《くち》駅が近づいてくると、モッフルがそわそわしはじめた。

「どうした？」

「やっぱり行っておくふも……」

なにか意を決したように言うと、モッフルは武蔵溝ノ口駅で南武線を降りてしまった。

横浜方面に行くなら、ここでは降りないはずだ。

「おい、武蔵小杉で降りるんじゃなかったのか？」

「いいからだまって付いてくるふも……！」

武蔵溝ノ口で田園都市《でんえんとし》線に乗り換え、渋谷《しぶや》方面に数駅。駒沢大学駅で降りる。

「なぜここで降りるんだ？」

「いいから……！」

なにやら深刻な様子である。ここまで思い詰《つ》めたモッフルは珍《めずら》しい。メープルランドに行くために、なにか重要な儀式《ぎしき》があるのかもしれない。

「大事なことなんだふも」

「………………」

地下駅から地上に出る。国道二四六号線から北側に曲がって数十歩歩いたところに総菜屋があった。看板には『コロッケ西郷亭』とある。モッフルはその店に入ると、難しい顔で注文した。

「おやつコロッケ。二セット……いや、三セット頼むふも」

「かしこまりましたー。これから揚《あ》げますから、少々お待ちいただくことになりますけど……」

「うん。待つよ」

「おい！」

ただの寄り道とは。それまでおとなしく様子を見守っていた西也は、モッフルをどやしつけた。

「……なに？　元々きょうは、仕事が終わったらここに来るつもりだったふも。ラティファのコロッケも最高だけどね。ここのおやつコロッケは互角《ごかく》のおいしさふもよ。ポイントは衣《ころも》があんまり厚くないところ。家庭の食感に近いのに、すさまじいまでのバリエーション。一二個のおやつコロッケが、すべて違う中身なんだふも。特に『地中海の塩コロッケ』は絶品だよ」

なぜかネチネチとした口調で、モッフルは説明する。

「わかった、もういい……」

「西也もなんか買っていくふも。マジでおいしいから」

「いや、俺は別に……」

「後で欲《ほ》しがってもあげないよ？」

「いらんと言っているのだ……！」

その後一〇分以上待たされてから、ほかほかのコロッケの包みを受け取り、旅程（？）は再開された。

何度か電車を乗り継《つ》いで、横浜駅に到着する。

「ふーむ、横浜か……」

西也は物珍《ものめずら》しそうにあたりを見回した。東京西部に住んでいる人間は、職場や学校がない限り横浜には滅多《めった》に来ない。特に用がなければ、買い物その他は新宿や池袋《いけぶくろ》、渋谷でほとんど事足りるからだ。

とはいえまあ、よくある大都市の巨大《きょだい》駅でしかないのだが。

「あんまりキョロキョロするんじゃないふも。田舎《いなか》モンみたいだよ」

「それで？　これからどこに行くのだ」

「一一番線。ついてきて」

「ああ。……え？」

そこで西也は気付いた。すぐそばの壁《かべ》に掲示《けいじ》された駅構内図。そこに示されているホームは、一〇番線までだったのだ。

人混《ひとご》みをかきわけるように、モッフルは歩いていく。西也はあわてて後を追う。南側コンコースを奥まで歩き、改札口の前を通り過ぎて――瞬間、周囲の騒音《そうおん》がかき消えたような気がした。

「西也、こっちふも」

「？　ああ……」

通路は続いている。いや、さっきはこんな場所に通路はなかったような……。

とにかく、その通路の先にはホームの番号『11』と『12』の掲示があった。そこから階段を下りると、人気《ひとけ》のないホームがぽつんとあった。

赤い夕焼けの中にたたずむ、やけに寂《さび》れた古くさいホーム。

もちろん線路の向こう側には、湘南新宿ラインなどが発着する一〇番ホームが当たり前のようにあり、さらにその向こうでもたくさんの電車が出たり入ったりしているのだが、その喧噪《けんそう》が、なぜかこの『一一番線』には届いてこなかった。

「地上界の人間だけだと、気づくことができないホームだふも」

と、モッフルは説明した。

「たまに気付いて迷い込む地上人もいるけど。子供なんかは特に多いふも。まあ特別に極《ごく》秘《ひ》というわけでもないので、お菓子《かし》をあげて追い返してるらしいよ」

「ふむ……」

最近、魔法《まほう》的な現象に日常的に触《ふ》れているせいで、妙《みょう》に納得《なっとく》してしまった。おおむね●リポタみたいなノリなのだろう。

「その魔法的なカラクリについてはツッコまないでおくが、JRは了承《りょうしょう》しているのか？」

「よく知らないけど、してるんじゃない？　メープルランドはこの駅の建設費にも出資してたらしいし」

「そうだったのか……」

　ＪＲはまっとうな企業《きぎょう》だと思ってたのに。いかがわしい魔法の国の資本とか受け入れて、大丈夫《だいじょうぶ》なのだろうか？　他人事《ひとごと》ながら心配になってくる。

「ぼくが初めて地上に来たときも、このホームだったなあ。その後が大変でね。東横線でそのまま渋谷行っちゃって、大混乱ふもよ。甘城に行こうと、どうにか井《い》の頭《かしら》線を見つけて乗ったんだけど、今度は吉祥寺《きちじょうじ》まで行っちゃったふも。終電終わってたし、仕方ないから井の頭公園のベンチで野宿したよ。やっぱり、初めての街は難しいねえ」

「まあ……わかる。俺も前に大阪《おおさか》の梅田《うめだ》に行ったことあるが、なにがなんだかわからなかった。あれは一種のダンジョンだな」

「その梅田に慣れてる人が、新宿に来ると迷子になるふも。地上人はもうちょっと計画的に駅を造るべきだよ」

「それは無理だろう。時代を経て拡張してるんだからな」

「もっふ。まあ、そうだけど」

　時刻表を見る。一時間に一本。メープルランド王都『メープルブルク』行きの直通列車が、まもなく到着するはずだった。

「そろそろ来るふも」

モッフルが言うと、ちょうどホームに機関車が入ってきた。

機関車というか——蒸気機関車だ。煙突《えんとつ》からもくもくと煙《けむり》を巻き上げ、水蒸気をまとい、ゆっくりと減速してホームに入ってくる。上品な緑と赤でペイントされた、優美な機関車だった。

「サスライガーみたいな色だけど。立派な直通列車ふも」

サスライガーが何なのかは知らなかったが、確かにその列車は美しかった。蒸気機関車といったら、黒くてゴツいのばかり連想していたのだが。

乗客がわらわらと降りてくる。二頭身の動物ばかりだ。ウサギやネコ、ヤギやブタ。モッフルに似たげっ歯類系の者もいる。どうやら、メープルランドからこの地上界にやってきた連中のようだ。西也とすれ違っても、向こうはさしてこちらを気にしていない様子だった。

そこで一匹《いっぴき》の降車客が、モッフルに声をかけてきた。

「閣下？　そこにおられるのは……閣下ではありませんか⁉」

見れば二頭身でピンク色のクマさんが、のしのしとこちらに近づいてくる。

「やっぱり将軍閣下くま！　モッフル・メル・モーセナス閣下！　お久しぶりです！」

「おお……そういうお前は、グリベル先任曹長《そうちょう》」

　モッフルも相手を知っているようだった。

　その『グリベル先任曹長』とかいうピンクのクマさんは、モッフルの前に来て直立不動の姿勢をとり、ぴしっと敬礼をして見せた。モッフルがすばやく敬礼を返す。

「お会いできて光栄ですくま。家族旅行に一度、地上界《こちら》に来てみようかと思いまして。女房《にょうぼう》と子供が一緒《いっしょ》ですくま」

　グリベルが背後を指さす。離れたところに立っていた、クマさん一家がぺこりとモッフルに一礼した。

「そうだったの。元気そうで何よりだふも」

「伊豆《いず》は熱川《あたがわ》温泉に行く予定ですくま」

「うん。あそこはいい。ついでにバナナワニ園とかお勧《すす》めふもよ」

「くまっ、くまっ、くまっ（↑笑い声）。……ところで、閣下はどちらに？」

「なに。野暮《やぼ》用でメープルブルクにね。ちょっとハンコがいるんだふも」

「さようでしたか。ですがさような用件なら、このグリベルに一言おかけください。師団のだれかに届けさせますくま」

　するとモッフルはうんざりしたように肉球を振《ふ》った。

「やめてよ。ぼくはもう遊園地《アゲル》で働くただのマスコット。それだけだよ」

「ですが、将軍は将軍ですくま。もし閣下が号令してくだされば、わが師団の将兵はすぐさま馳《は》せ参じますぞ？　それがたとえ、メープルブルクの王宮だろうと――」

「グリベル、不穏《ふおん》なことは言うなふも」

「はっ。これは……失礼しました。ですが本当ですくま。いまでも閣下のご帰還《きかん》を待ちわびる兵は多いのです」

「それは嬉《うれ》しいけど、忘れてほしいふも。おまえもぼくの務めを知らないわけではあるまい？」

「姫殿下《ひめでんか》ですな。それは……重々と」

「すまぬがグリベル、ここで会ったことは他言無用で頼《たの》むふも。よからぬ噂《うわさ》を招くかもしれないからね。ひいては師団にも迷惑《めいわく》がかかる」

「ははっ。では閣下、自分はこれで失礼いたしますくま」

「もっふ。息災でな」

家族を連れて、グリベルはその場を後にした。

西也はすぐ後ろでぽかんとそのやりとりを見ていたのだが、モッフルは何事もなかったかのように、振り返って言った。

「待たせたふも。乗ろうか」

「ん？　あ、ああ……」

モッフルの後に続いて、発車に向けて待機する列車に乗り込む。

客車の中はレトロなボックス席だった。木製の床《ゆか》と座席。壁は上等な紋様《もんよう》で飾《かざ》られている。西也たちは適当な席に向かい合って座った。

「この列車でどれくらいかかるんだ？　その王都とやらまで」

「一時間くらいかな？　出発まであと一〇分くらいあるから、トイレ行くなら行っとくふも。この列車、トイレないから」

「いや、大丈夫だ。それより、さっきのグリベルとかいう奴《やつ》は？」

「かつての部下だふも」

窓から遠くを見て、モッフルは言った。

「むかし、軍にいてね。そこでつまらん管理職みたいなことやってたふも」

「いや、だがさっき将軍だとか閣下だとか……」

「それだって管理職みたいなもんだふも」

「いや、さすがにそれは違《ちが》うぞ？」

それにこれまでも、いすずなどが時たまモッフルを『将軍』と呼ぶことがあった。うさんくさい、デタラメなノリの魔法の王国とはいえ、モッフルはひとかどの要人だったのだろうか？

「もっふ。いいから気にするなふも」

「気にするだろう、普通《ふつう》」

「うーん……」

すこし考え、モッフルは言った。

「……確かに今まであれこれあって、おまえに話さないのは不誠実かもしれないふも。いくつか説明しておくかな」

「なにをだ？」

「いろいろふも。まあ、まずこれ食え」

モッフルは手提《てさ》げのビニール袋《ぶくろ》からプラスチックのケースを取り出し、中のおやつコロッケを西也にすすめた。

「いらん」

「食えって。うまいから」

仕方なく西也はおやつコロッケを手にとって食べた。油が手につくからイヤなのだが
――

「むっ。これは……」

うまい。うますぎる。ラティファのコロッケと互角《ごかく》なレベルだ。

「うまいふも？」

「ああ……。って、そういう話ではなく……！」

「わかってるふも。えーと、それで、なにを話しておくかなあ……」

モッフルはおやつコロッケをもぐもぐしながら思案していた。いつまでたっても話さないので、西也の方から質問した。

「まずお前が『将軍』だとか何だとかという話から聞こうか」

「言葉通りふも。ぼくはメープルランドの軍隊で、将軍だったの。最初は士官学校を出た少尉《しょうい》だったけど、いろいろ大変な作戦をこなしてたら、出世しちゃったふも」

「ふむ」

モッフルの年齢《ねんれい》がいくつかはさっぱりわからなかったが、少尉が将軍になるまでは相当な年数がかかるはずだ。あくまで地上界の常識でだが。

「……メープルランドでも異例のスピード昇進《しょうしん》だったふも。なぜそうなったかというと、これは恥《は》ずかしながら、ぼくの出自が理由だふも」

「出自？」

「ぼくはメープルランドの貴族の出身ふも。代々、軍人を務めてきた男爵《だんしやく》家でね。でもそれほど宮廷内《きゅうてい》では地位が高くなかったし、将軍まで上り詰《つ》めた男子は多くなかったんだけど……」

ふっとモッフルはため息をついた。

「ぼくの姉が、王様のお妃《きさき》になったふも」

「なに？」

「お妃。王妃《おうひ》。妻。ワイフ。オーケイふも？」

「あ……ああ」

「弟のぼくが言うのもなんだけど、とても綺麗《きれい》な女性《ひと》でね。ある晩餐《ばんさん》会で、王様に見初《みそ》められたふも。それから何年も熱心に口説かれて。最初は姉も逃《に》げ回ってたんだけど、なにしろ王様だし。無碍《むげ》にはできないでしょ？　けっきょく結婚《けっこん》したふも」

「ははあ……。いや待て。その王様と、おまえの姉との間に生まれたのが……」

「うん。ラティファだよ。だからたまに、あの子はぼくのことを『おじさま』と呼ぶんだふも」

「なるほど……」

「それで王妃の弟が、特殊《とくしゅ》部隊の大尉《たいい》なんかだと格好がつかないから、政治的な理由で、かなり強引《ごういん》なペースで将軍まで昇進させられたふも。メープルランドでも最強と名高い第三師団を任せられてね。それからもいろいろあったよ。さっきのグリベルはそこの師団本部付き先任曹長で、下士官と兵のまとめ役ふも」

「いわゆるベテラン下士官という奴か？」

「うん。最初はものすごくぼくのこと嫌《きら》ってたんだけどね。いまはあの通りだよ」

なぜかいたずらが成功した子供のように、モッフルは笑った。

「ふむ……」

確かにこれまでモヤモヤしていたのだ。いすずがモッフルを『将軍』と呼んだり、ラティファがモッフルを『おじさま』と呼ぼうとして訂正《ていせい》したり。

どうもモッフルは、ほかのキャスト連中とは違う立場のように思えてならなかったのだが――

「ようやく合点《がてん》がいった」

「もっふ。ならばよし」

「だが……そういうご立派なお前が、なぜいまこうしているのだ？」

あえて訊《たず》ねてみると、モッフルは自嘲《じちょう》気味に『もっふ』とつぶやいた。

「まあ……ラティファは呪《のろ》われている。ぼくは姪《めい》を助けたい。将軍の仕事もいろいろうんざりだったから、軍をやめてここにいる。そういうことでいいふもよ」

「元将軍が、子供相手にお手玉か」

「うん。楽しいもんだふも。こっちの方がぼく向きだよ」

西也はなんとも言えない気分になった。

最初に会ったときは毛嫌《けぎら》いしていたモッフルのことを、前ほど憎《にく》めなくなってきている。

こいつはこいつで事情があって、パークで働いているのだ。

それどころか、こいつはひょっとして、自分と同じ――

「っていうか……まだ発車しないふもね。おかしいな」

スマホの時計を見てモッフルがぼやいた。言われて西也も怪訝《けげん》に思う。さっき時刻表で見た予定時刻を過ぎているのに、まだ列車は動きだそうともしていない。

「よくあるのか？」

「いや。地上界の電車と同じくらい正確だよ？」

「ふーむ……？」

そこで車内アナウンスが響《ひび》いた。

『めー、めー。……えー、本日はメープル電鉄をご利用いただき、ありがとうございますめー。……本日一七時五〇分ごろ、メープルブルク駅付近で支障事故が発生しましためー。ただいまダイヤが大幅《おおはば》に遅《おく》れておりますめー。大変ご迷惑をおかけしますけど、ご了承《りょうしょう》くだざいめー』

「支障事故とか……」

「あー、またダふも！」

いまいましそうにモッフルがうなった。

「多いんだよ、この路線。よく飛び込み自殺するバカがいて、止まるんだふも！」

「と、飛び込み自殺だと……？」

魔法《まほう》の国だとか妖精《ようせい》だとか言ってるのに、飛び込み自殺とかあるのか。なんという夢のなさだろうか。

「うん。まあ、だいたい死なないんだけどね。そういえばマカロンの知り合いも、ラーメン屋チェーンの経営が破綻《はたん》して飛び込んだふも。連続で三回くらいはね飛ばされて、飛距《ひきょ》離《り》の最長記録をマークしたよ」

「もう、何がなんだか」

「退院後にメープル電鉄からトロフィーまでもらったらしいふも」

「鉄道会社が奨励《しょうれい》してどうするのだ？」

「……とはいえ安全確認《かくにん》やらなにやらで、ひどくダイヤが狂《くる》うふも。地上界ならすぐリカバーするのに。これは長くなるのを覚悟《かくご》した方がいいかもしれないなあ……」

「……どれくらい待つことになりそうだ？」

「わからないふも。早ければ一時間くらいだと思うけど……」

「では、待つか……」

西也はスマホをいじりはじめた。モッフルも同様だ。

それから一時間以上たっても、列車は発進する気配を見せなかった。たびたびアナウンスが『ただいま事故の処理を進めているめー』だのと報告してくるが、それだけだ。

「……うーむ。だめだな」

これ以上待って列車が動いたとしても、メープルランドに到着《とうちゃく》するのはおそらく二時ごろだ。それでいすずを見つけてハンコをもらっても――

「この調子では、今日中には帰れないのではないか？　行くのはあきらめた方がいいと思うのだが……」

正直、ここまで来たのだからこのまま列車に乗って、一目でもメープルランドなる『魔法の国』を見ておきたかったのだが、仕方がない。明朝は会議がいろいろあるのだ。

「そうふもね……うん。甘城に帰ろう」

モッフルはモグート族の族長タラモに電話をかけつつ、座席から立ち上がった。事情を話しつつ降車。スマホを切る。

「なんか、特例で明日《あした》までは待ってくれるらしいふも。だったら最初からそう言ってくれれば……」

「どうだった？」

そこで大きな汽笛が鳴った。

さっきまで停《と》まっていた緑色の機関車が、甲高《かんだか》い蒸気の音をたてる。

『大変長らくお待たせしましためー。メープルブルク行き直通列車、これより発車いたしますめー』

アナウンスからほどなく、機関車は重たげに車輪を動かし、発車した。ゆっくり、ゆっくりと加速していく。煙《けむり》と蒸気の尾《お》をひいて、レトロな列車は魔法の一一番ホームを離《はな》れていった。

「行ってしまった……」

「うん。さあ、帰るふも」

わざわざ仕事をほっぽりだしてまでして出かけてきたのに、この始末である。モッフルがコロッケ屋なんぞに寄り道しなければ、こんなことにはならずに済んだだろうに。

嫌《いや》みのひとつでも言ってやろうかと思ったが、西也は思いとどまった。

とはいえ――そういう偶然《ぐうぜん》がなければ、あのグリベルとの出会いもなかったわけで、そうしたらきょう、こうしてモッフルの身の上話を聞く機会もなかった。

　そう考えれば、まったく無意味な外出でもなかったとは言えよう。

「どうしたふも？」

「いや。なんでもない」

「物足りないなら、そのうち連れてってやるふも。まあ、普通《ふつう》の魔法の国だけど」

「そもそも魔法の国の『普通』というのはなんなのだ……？」

　そのおり、ちょうど出て行った便と入れ替《か》わりに、八両編成の列車が入ってきた。メープルブルクから来た上り線（？）だろう。どうやらこの便も事故のせいで足止めを食っていたようだ。

「もっふ……？」

　ホームに停車し、乗客たちが降りてくる。

「どうした？　お……千斗だ」

　驚《おどろ》くべきことに、降車客の中には千斗いすずの姿があった。

　赤いロングコートに革のカバン、毛皮の帽子《ぼうし》をかぶっている。見るからに地位の高そうな軍の人間といった風情《ふぜい》だった。

「むこうで泊まりじゃなかったふも？」

「予定より早くアポがとれたから、会談を済ませて帰ってきたの。あなたたちこそ、ここで何を？」

驚いた様子で、いすずが言った。

「いや、モグートの連中から書類せっつかれてたふも。いすずのハンコがほしかったから……」

ばつの悪い様子でモッフルが言った。それからこれまでの経緯《けいい》をかいつまんで説明されると、いすずは得心してうなずいた。

「ああ……。それはわかるけど、どうして可児江《かにえ》くんまで来てるの？」

「えー。なんだ。気分転換《てんかん》だ。興味本位というか……」

「メープルランドへ？」

「ん……ああ」

するといすずはむっつり顔のまま、軽く鼻を鳴らした。

「意外ね。あなたがわたしたちの祖国に興味があったなんて」

「興味があったら悪いのか？」

むすっとした西也の返事に、今度はいすずがぽかんとした。

「いえ、……別に。ただ……本当に、意外だったから」

なぜか妙《みょう》な空気になったので、西也は大きく咳払《せきばら》いをしてきびすを返した。

「も、もういい。さっさと帰るぞ。とんだ無駄足《むだあし》だった」

人気《ひとけ》のなくなったホームを歩き出す彼の後ろで、モッフルといすずがささやきあっていた。

(……どうしたの、彼?)

(さあ? たぶんメープルブルクに行けなくて不機嫌《ふきげん》なんだふも?)

(不機嫌という感じには見えないけど……)

(それは……ほら、アレだふも。ツンデレという奴《やつ》だよ)

(ごめんなさい。わたしそういう若者用語に弱いの)

「あー、うるさい! ゴチャゴチャと! とにかくさっさと帰るんだ! 明日からも忙《いそが》しいんだからな!?」

イライラして西也が言うと、モッフルは不服そうな顔をした。

「えー、つまらないふも……。せっかく横浜来たんだし、なにか食べてかない?」

「コロッケはどうしたんだ」

「もうぜんぶ食べちゃったふも」

「いつのまに!?」

そこでいすずが挙手する。

「……実はわたしも空腹だったの。中華街《ちゅうかがい》は『彩香《さいか》』、そのエビチリ炒《いた》めを所望《しょもう》するわ」

「おまえもか……」

「もちろん経費で」

「却下《きゃっか》だ！」

西也は構わず歩き出す。モッフルといすずが不平をもらす。ぎゃあぎゃあ言いながら三人は、『魔法のホーム』から立ち去った。

けっきょく、中華街まで足を延ばしてエビチリ炒めやら回鍋肉《ホイコーロー》やらを注文し、飲めや食えやでさんざん時間をつぶしてしまったあげく、終電を逃《のが》して三人で満喫《まんきつ》で始発を待つはめになってしまった。

翌朝はしんどかったが、煮詰《につ》まっていた仕事はあっという間に片づいた。気分転換にはなったのかもしれない。

問題は昨夜の飲み食いが経費に計上できるかどうかだったが——

あとがき

『テーマパークものを書いてみよー!』という仕事の関係で、最近、いろいろピクサーやディズニーの子供向けアニメを観《み》る機会が増えています。単に『子供向け』と呼ぶのは失礼なくらいの素晴《すば》らしい作品がゴロゴロありまして、『トイ・ストーリー3』なんかはついこないだ(いまさら)観たばかりなんですが、最後なんか、もう号泣《ごうきゅう》でした。

そういえば以前、この甘《アマ》ブリの取材がてら、フロリダのディズニーに行ったことがあります。東京郊外《こうがい》のダメ遊園地を描《えが》くのに、世界最高の巨大《きょだい》テーマパークを取材してもあんまり意味ないんじゃないかなあ、と思いつつも富士見書房《ふじみしょぼう》さんが行かせてくれるというので、お言葉に甘えてしまいました(『フルメタ完結お疲《つか》れ旅行』みたいなニュアンスもあったみたいですが!)。

でもって、そのフロリダのディズニーで『ファインディング・ニモ(ニモの捜索《そうさく》)』のミュージカルがあったのですね。たった一人の息子《むすこ》を人間にさらわれ、取り戻《もど》そうと奮闘《ふんとう》するお魚さんの冒険《ぼうけん》物語です。賀東《がとう》はそのころまで、『ファイティング・ニモ(ニモの戦《せん》闘《とう》)』というタイトルだと勘違《かんちが》いしていたくらいなんですが――

それで、賀東と担当モリイの席のそばに、やたらとゴッツい、マッチョな白人のおっさんが座《すわ》っていました。元海兵隊員みたいな古強者《ふるつわもの》っぽいおもむきの人です。なぜか一人で観劇しています。そのおっさんが、ニモのミュージカルを見ながらボロボロと涙《なみだ》を流してガチ泣きしていました。

なんかいろいろ、その人は幼い息子さんとドラマがあったのかもしれません。『俺がイラクで戦っている間に息子は……。すまぬ、息子よ。父さんを許してくれ……!』とか思って泣いてたのかも?

いえ、真相は知りませんが、とにかくやたらと気になる光景でした。

それはさておき。

ガラリと話題は変わりますが、もともとこのシリーズを書こうとした動機のひとつに、『「学園もの」の縛《しば》りじゃなくて、もう少し違《ちが》うコミュニティの話はできないだろうか?』と思ったことがあります。このシリーズの場合、それは『職場』というものでして。もちろんこういうレーベルですから、読者の方々が知っている最大公約数的なコミュニティがあくまで『学校』なのはよく理解しています。ただ、そのコミュニティからドロップアウトしてしまっても、別に気にする必要はないよ、ほかにも楽しい場所、温かい場所はきっとあるよ……という話を前から書いてみたかったものでして。

この三巻の前半でいきなりメインになる椎菜《しいな》という娘《むすめ》のエピソードは、本来は一巻のいちばん最初にやってみたかった話が元になっています。自分も大昔、ある職場でバイトをやっていたとき、通うのがイヤでイヤで、辞《や》めたくて辞めたくて……。でもまあ、もうちょっと頑張《がんば》ってみれば、椎菜みたいに都合のいい才能はないにしても、それなりに溶《と》け込んでいけるんじゃないの？　とかなんだとか。いえ、エラそうですみません。とにかくそんな気分で書きました。

もちろん西也《せいや》の苦労話やドラマもやっていきたいのですが、いろんな従業員の人間模様みたいなことも、なるべく描いていきたいなあ、と思っております。

おかげさまで一巻、二巻と新シリーズにしては大変な好成績だったそうでして、さっそく甘ブリのメディア企画《きかく》が動き出しております。

まずコミック！　吉岡公威《よしおかきみたけ》氏によるコミカライズの連載《れんさい》が、月刊『ドラゴンエイジ』で始まります。もう何話分かネームをいただいているんですが、面白《おもしろ》いです！　楽しみですね！

そして……えーと、もうここで書いてもいいのかな？

アニメ化、決定なのですよ！（びっくり）

制作は……はい、京都アニメーションさんです！（超《ちょう》びっくり）

……詳《くわ》しい話はまだ内緒《ないしょ》ですが、きっとドカーンと楽しいものになるんじゃないかなあ、と思ってます。ご期待ください。

ではでは。なるべく早く出るはずの四巻でまた。

二〇一三年一一月　賀東招二《しょうじ》

富士見ファンタジア文庫

甘《あま》城《ぎ》ブリリアントパーク3

平成26年1月25日　初版発行

著者——賀《が》東《とう》招《しよう》二《じ》

発行者——佐藤　忍

発行所——株式会社KADOKAWA
http://www.kadokawa.co.jp

企画・編集——富士見書房
http://www.fujimishobo.co.jp
〒102-8177
東京都千代田区富士見2-13-3
電話　営業　03(3238)8702
　　　編集　03(3238)8585

印刷所——暁印刷
製本所——BBC

※定価はカバーに表示してあります。
落丁・乱丁本は、送料小社負担にて、お取り替えいたします。KADOKAWA読者係までご連絡ください。(古書店で購入したものについては、お取り替えできません)
電話 049-259-1100 (9：00〜17：00／土日、祝日、年末年始を除く)
〒354-0041 埼玉県入間郡三芳町藤久保550-1

ISBN978-4-04-070004-5 C0193

イラスト／つなこ
ファンタジア大賞
原稿募集中！
賞金 大賞 300万円
準大賞 100万円
金賞 30万円 銀賞 20万円 読者賞 10万円
第27回締め切り 2014年2月末日
※紙での受付は終了しました。
最終選考委員 葵せきな（生徒会の一存）あざの耕平（東京レイヴンズ）
雨木シュウスケ（鋼殻のレギオス）ファンタジア文庫編集長
投稿も、速報もここから！
ファンタジア大賞WEBサイト http://www.fantasiataisho.com
既存のライトノベルの枠にとらわれない小説求む！ 第2回ラノベ文芸賞も同サイトで募集中
ファンタジア文庫ファンに贈る
最高のライトノベル誌！
豪華付録、メディアミックス情報、
連載小説など、その他企画も盛りだくさん！
奇数月（1、3、5、7、9、11）
20日発売!!
ドラゴンマガジン
イラスト／つなこ